徳 間 文 庫

新まろほし銀次捕物帳

赤 鬼 の 権《ごん》 蔵《ぞう》

鳥 羽 　亮

徳 間 書 店

目次

第一章　鬼の影

一

町木戸の閉まる四ツ（午後十時）を過ぎていた。風のない静かな夜で、星が降るように輝いている。

「すこし、急ぐか」

木島佐之助《きじまさのすけ》が、弥三郎《やさぶろう》に言った。

木島は小身の旗本の次男坊だった。弥三郎は、浅草に塒《ねぐら》のある遊び人である。

ふたりが歩いているのは、下谷車坂町《したやくるまざかちょう》だった。上野の東叡山《とうえいざん》寛永寺の南方に位置する町で、下谷と浅草を結ぶ道沿いにある。狭い町で、町家がわずかしかなかった。町の周囲に下谷の武家屋敷がひろがっている。

日中は大勢の人が行き交う賑《にぎ》やかな通りなのだが、いまは深夜のせいか、人通りがなかった。

「今夜は、付きがありやしたね」

弥三郎が、ニヤニヤしながら懐を押さえた。巾着《きんちゃく》には小判と一分銀とで、三両ほど入っている。

「おれも、二両ほど儲《もう》かったぞ」

木島が言った。

ふたりは、山下と呼ばれる地にある賭場《とば》で、遊んだ帰りだった。山下はいまふたりが歩いている車坂町の西方に位置していた。山下は寛永寺前の下谷広小路とつながっていることもあり、水茶屋や料理屋などの多い賑やかな地だった。また、「けころ」と呼ばれる娼婦がいることでも知られていた。けころという呼び名は、「蹴転《けころ》ばし」の意味だと言われている。

ふたりは、そんな話をしながら歩いているうちに、車坂町を通り過ぎた。道の左右には、武家屋敷がつづいている。御家人や小身の旗本の屋敷が多いらしく、木戸門や簡素な片番所付きの長屋門が多かった。

「兄《あに》い、後ろからだれか来やすぜ」

弥三郎が木島に身を寄せて言った。

弥三郎は、武士であり年上でもあった木島のことを、兄いと呼んでいた。木島は武士だが、放蕩無頼《ほうとうぶらい》な暮らしぶりで、やくざ者とあまり変わらなかった。

「ふたりか。……ひとりは、武士らしいな」

木島は、背後から歩いてくるふたりの男に気付いていた。車坂町を歩いているとき、かすかな足音を耳にし、それとなく振り返って見たのである。

ふたりの男は、通り沿いの家の脇から通りに出てきたらしい。木島はふたりに気付いたとき、どこかで、飲んだ帰りだろうと思い、それほど気にしなかった。ただ、ふたりが急に足を速め、自分たちに近付いてきたので不安を覚えた。通りすがりの者ではない、と思ったのである。

「あ、兄い、走ってくる！」

弥三郎が声をつまらせて言った。

ふたりのうちの町人体《てい》の男が、急に走りだした。男の足音が、木島たちの背後で大きくなった。

「おれたちに、用があるのかな」

木島は、逃げようとしなかった。賭場でいっしょに遊んだ男たちかもしれない、とも思ったのだ。

町人体の男は、木島と弥三郎の前にまわり込んだ。背後からくる武士も足を速めたらしく、足音がすぐ近くで聞こえた。

「何か用か」

木島が、前に立った男に訊《き》いた。

男は、遊び人ふうだった。木島は、その男をどこかで見たような気がしたが、暗かったこともあり、はっきりしなかった。

「ふたりに、用がありやしてね」

眉が濃く、目のギョロリとした男である。口許《くちもと》に薄笑いが浮いていた。

「何の用だい」

弥三郎が訊いた。

「懐の金を出してくんな」

男が、弥三郎を見すえて言った。

「てめえたちは、追剝《おいは》ぎか！」

弥三郎の声が、大きくなった。

木島は、刀の柄《つか》に右手を添えた。木島の家は旗本だったが、無頼牢人《ぶらいろうにん》ふうに小《こ》袖《そで》に角帯《かくおび》姿で、大刀だけを落とし差しにしていた。家を出て、だいぶ経《た》つので、いまは牢人と変わりない。

そこへ、背後から来た武士が、木島の前にまわり込み、

「おまえの相手は、おれだ」

と言って、大刀の柄に手を添えた。

武士は面長《おもなが》で顎《あご》が尖《とが》り、細い目をしていた。小袖に袴《はかま》姿だが、木島と同じように大刀だけを落とし差しにしていた。牢人のようである。

「おぬし、賭場にいたな」

木島は、前に立った牢人に見覚えがあった。賭場で見掛けたのである。ただ、牢人は盆茣蓙《ぼんござ》の前には座らず、貸元である権蔵《ごんぞう》のいる脇の小座敷で茶を飲んでいた。そこに長火鉢が置いてあり、鉄瓶に湯が沸いていた。茶道具も用意してある。

ただ、権蔵は博奕《ばくち》が始まる前に客たちに挨拶をして帰ることが多かった。

木島は牢人を賭場で目にしたとき、用心棒だと思った。博奕にくわわらず、権蔵のそばにいたからである。

牢人は無言のまま刀を抜いた。すると、遊び人ふうの男も懐から匕首《あいくち》を取り出した。そして、男は弥三郎の前に立った。

「て、てめえたち、おれたちを殺す気か!」

弥三郎が声を震わせて言い、懐から匕首を取り出して身構えた。

だが、弥三郎の手にした匕首は震えていた。夜陰のなかで、ぼんやりした青白い光芒《こうぼう》のように見える。

「おのれ!」

木島も刀を抜いた。

木島は青眼《せいがん》に構え、切っ先を牢人にむけた。刀身が震えている。異常な気の昂《たかぶ》りで、体が顫《ふる》えているのだ。木島の腰が浮き、構えも隙《すき》だらけである。

対する牢人は、八相《はっそう》に構えた。腰の据《す》わった隙のない構えである。それに、気の昂りで体が硬くなっている様子もなかった。剣の遣《つか》い手らしい。真剣でひとを斬った経験もあるようだ。

木島と牢人は三間ほどの間合をとって、対峙《たいじ》したが、

「いくぞ！」

と、牢人が声をかけ、すぐに仕掛けた。

牢人は八相に構えたまま足裏を摺《す》るようにして、ジリジリと木島との間合を詰め始めた。対する木島は、青眼に構えたまま動かなかった。牢人にむけられた刀の切っ先が、小刻みに震えている。

ふたりの間合は、一気に狭まった。そして、一足一刀の斬撃《ざんげき》の間境《まざかい》に迫るや否や、牢人の全身に斬撃の気がはしった。

イヤアッ！

牢人が、裂帛《れっぱく》の気合を発して斬り込んだ。

八相から袈裟《けさ》へ——。

咄嗟《とっさ》に、木島は刀身を振り上げて牢人の斬撃を受けた。

だが、牢人の強い斬撃に押されて、木島の体勢が崩れてよろめいた。すると、牢人は刀を振り上げ、二の太刀《たち》を真っ向へ斬り込んだ。素早い太刀捌《さば》きである。

牢人の切っ先が、木島の額をとらえた。鈍い骨音がし、木島の額から鼻にかけて血の線がはしった。次の瞬間、額が割れて血と脳漿《のうしょう》が飛び散った。

木島は悲鳴も呻《うめ》き声も上げず、腰から崩れるように倒れた。そして、俯《うつぶ》せになると、かすかに四肢を痙攣《けいれん》させていたが、すぐに動かなくなった。息がとまっている。

これを見た弥三郎は、ヒイイッ！　と、喉を裂くような悲鳴を上げて後じさり、逃げようとして反転した。

「逃がさねえよ！」

言いざま、遊び人ふうの男が匕首を手にして弥三郎に飛び掛かった。野犬を思わせるような動きである。

遊び人ふうの男は、匕首を弥三郎の盆《ぼん》の窪《くぼ》辺りに突き刺した。

弥三郎が苦しげな呻き声を洩《も》らし、前によろめいた。そして、足がとまると、蹲《うずくま》るように腰をかがめて倒れ、両膝を曲げたまま横になった。弥三郎の盆の窪辺りから、血が激しく流れ出た。そして、地面に赭黒《あかぐろ》くひろがっていく。

「ざまはねえや」

男が、匕首を手にしたまま言った。口許に薄笑いを浮かべ、血まみれになった弥三郎に目をやっている。

「島次郎《しまじろう》、ふたりの懐の巾着を抜いておけ」

牢人が指示した。男の名は、島次郎らしい。

「へい」

島次郎は横たわっているふたりの懐から、巾着と財布を取り出した。そして、なかを見てから小判を三枚手にすると、

「これは、旦那の取り分でさァ」

そう言って、牢人に手渡した。

牢人は島次郎から金を受け取ると、無言のまま歩きだした。その後を、島次郎が追っていく。

二

銀次《ぎんじ》は、嘉乃屋《よしのや》の二階の寝間で小袖に着替えているとき、階段を上がってくる

足音を耳にした。女房のおきみである。銀次は足音だけで、おきみと分かるのだ。

嘉乃屋は、下谷、池之端仲町《いけのはたなかちょう》の不忍池《しのばずのいけ》近くにある小料理屋である。おきみは、岡っ引きである銀次の女房であり、嘉乃屋の女将《おかみ》でもあった。銀次とおきみがいっしょになって二年の余が経つが、まだふたりの間に子供はいなかった。そのせいか、ふたりの間には、新婚当時のような初々《ういうい》しさが残っている。

銀次とおきみは、幼馴染《おさななじ》みだった、おきみは池之端仲町の隣町の茅町《かやちょう》にあった八百屋《やおや》の娘で、ふたりは子供のころから一緒に遊んだ仲である。そして、年頃になり、恋仲になって一緒に暮らすようになったのだ。

「おまえさん、松吉《まつきち》さんが来てますよ」

おきみが、障子のむこうで声をかけた。

「何かあったかな」

銀次は急いで、羽織《はおり》の紐《ひも》を結んだ。

松吉は、銀次が使っている下っ引きだった。朝から店に飛び込んできたことからみて、何か事件があったにちがいない。

松吉の家は神田金沢町にあり、稼業は団扇《うちわ》作りだった。下っ引きの仕事がないときは、家で団扇作りを手伝っている。

「松吉さん、ひどく慌《あわ》ててましたよ」

おきみの声にも、慌てているようなひびきがあった。

銀次は着替えを終えて、廊下に出ると、おきみにつづいて階段を下りた。

松吉は小上がりの前の土間に立ったまま足踏みしていた。おきみの言うとおり、慌てているようだ。

「松吉、どうした」

銀次が訊いた。

「親分、大変だ！　殺しですぜ」

松吉が声を上げた。

「なに、殺しだと」

「へい、ふたりも、殺《や》られてるようでさァ」

「近くかい」

すぐに、行かねばならない、と銀次は思った。

「車坂町の先と聞きやした」

「だれが、殺られたか分かるか」

銀次が訊いた。

「分からねえ」

「ともかく、行ってみよう」

銀次は、そばに立っていたおきみに、朝めしは食わずに行くことを話した。こうしたことは、珍しくなかったので、おきみは、朝めしのことは口にせず、

「おまえさん、待っておくれ」

と、言い残し、急いで小上がりの奥の座敷に入った。そして、座敷にある神棚から、火打石と火打金《がね》を持ってくると、銀次と松吉の襟元《えりもと》で切り火を打った。おきみは、銀次が捕物にあたるとき、そうやって送り出すのだ。

「与三郎《よさぶろう》が来たら、松吉と捕物に出かけたと話してくれ」

銀次はおきみにそう話し、松吉とふたりで嘉乃屋を出た。

与三郎は、ふだん嘉乃屋を手伝っていたが、銀次の下っ引きでもあった。与三郎は銀次より年上である。

銀次の父親の源七《げんしち》も岡っ引きで、与三郎は銀次が岡っ引きを継ぐ前から、源七

の下っ引きとして嘉乃屋に出入りしていたのだ。

その源七が亡くなり、銀次が父の跡を継いで岡っ引きになったとき、与三郎は銀次の下っ引きになったのだ。ただ、年上ということもあり、銀次と松吉のふたりでは手を焼くような事件のときだけ、くわわることにしていた。ふだん、与三郎は嘉乃屋の手伝いをし、板場にいることが多かった。

銀次と松吉は不忍池の端の道を東にむかい、下谷広小路に出た。広小路は大勢のひとが行き交っていた。そこは御成《おなり》街道でもあり、遊山《ゆさん》客だけでなく参詣《さんけい》客や旅装束の武士、それに荷駄を引く馬子《まご》の姿などもあった。

銀次たちは賑やかな広小路を抜け、山下に入った。山下も人通りが多かった。料理屋や料理茶屋などの他に、水茶屋が並んでいた。水茶屋の前では、若い茶汲《ちゃく》み女が、通りかかる男の袖《そで》を引いていた。茶汲み女は茶を運ぶだけでなく、店の奥や二階の座敷に客を連れ込んで、肌も売っていたのだ。

銀次たちは賑やかな山下を通り、寛永寺の支院の並ぶ通りに出て北にむかった。そして、しばらく歩いた後、右手の通りに入った。その道は、下谷から浅草に通じていることもあり、行き交う人の姿は多かった。

通りの右手には、小身の旗本や御家人の屋敷がつづいていた。左手は車坂町で、町家が軒を連ねている。その町家がとぎれた辺りに人だかりができていた。

「親分、あそこですぜ」

松吉が前方を指差して言った。

見ると、人だかりの中には、岡っ引きや下っ引きらしい男の姿もあった。

「向井《むかい》の旦那も来てやす」

松吉が声高に言った。

人だかりのなかに、向井藤三郎《とうざぶろう》の姿があった。向井は三十代半ばだった。赤ら顔で、唇が厚く顎が大きい。無精髭《ぶしょうひげ》が生え、鍾馗《しょうき》を思わせるような顔をしていた。厳《いか》つい顔だが、何となく愛嬌《あいきょう》があった。よく動く丸い目のせいであろう。その目が、悪戯《いたずら》小僧を思わせたのである。

向井は神道無念《しんとうむねん》流《りゅう》の遣い手で、下谷上野《うえの》大門町《だいもんちょう》に剣術道場をひらいていた。道場主である。ただ、門弟は十人ほどで、食っていくのも大変だった。それに、独り暮らしで、めしの仕度《したく》をしてくれる者もいなかった。

それで、向井はときどき嘉乃屋に来て、ただめしを食っていた。どういうわけか、向井は捕物好きだった。これまで、向井はその剣の腕で何度も銀次や松吉の危機を救ってくれたのだ。

それに、銀次は父親の代から向井と特別なつながりがあった。向井道場を使わせてもらったことがあったのだ。

銀次は、まろほしと呼ばれる特殊な武器の遣い手であった。それで、銀次のことをまろほし銀次と呼ぶ者もいた。

まろほしは、一角流《いっかくりゅう》と呼ばれる十手術《じってじゅつ》で遣われるようになったものである。握り柄の先に短い槍穂《やりほ》がつき、金具をひらいて目釘《めくぎ》でとめると、十文字形の刀受けになる。十手のように相手の刀を受けることができ、また槍穂で敵を仕留めることもできるのだ。

一角流は、宮本武蔵に破れた夢想権之助《むそうごんのすけ》がひらいた神道夢想流の流れをくむ一派とされていた。その流派は、刀術だけでなく、十手術や捕縛術も指南したといわれている。

銀次の父親の源七が、神道夢想流を修行した筑前《ちくぜん》、黒田家の江戸詰の藩士からまろほしの遣い方を習ったのだ。

その源七が、倅《せがれ》の銀次にまろほしの遣い方を指南したのである。源七の胸の内には、いずれ岡っ引きを銀次に継がせるとともに、まろほしの遣い方も教えておきたいとの思いがあったようだ。

源七は、まろほしの遣い方を銀次に教えるおり、向井道場を使わせてもらったのだ。そうしたことがあって、向井は嘉乃屋に顔を出すようになったのである。

三

「向井の旦那」

銀次が向井に声をかけた。

「銀次か」

向井は銀次に顔をむけた後、松吉にも目をむけ、「見てみろ」と言って、足元を指差した。

銀次と松吉はひとだかりのなかに割り込み、向井の足元に目をやった。男がひとり地面に俯せに倒れていた。

武士らしい。小袖に角帯姿だったが、大刀を手にしたまま俯せになって死んでいた。辺りに、どす黒い血が飛び散っている。

「この武士は、正面から一太刀で仕留められている」

向井が言った。

「すると、下手人は武士ですか」

銀次が小声で訊いた。人だかりの多くは野次馬だが、岡っ引きや下っ引きたちもいたのだ。

「そうみていい。しかも、腕のたつ武士だ」

いつになく、向井の顔が厳しかった。向井は刀の傷を見て、傷を負わせた者の腕のほどを見抜く目を持っていた。

「旦那、下手人に心当たりがありやすか」

銀次が向井に身を寄せて訊《き》いた。

「心当たりはないが、こいつの顔を見てみるか。見覚えのある男かもしれぬ」

向井が横たわっている武士に目をやった。

「松吉、手を貸してくれ」

銀次はそう言って、松吉をそばに呼ぶと、「この男の肩先を摑《つか》んで、身を起こしてくれ」と、指示した。

すぐに、銀次は松吉とふたりで俯せに倒れている武士の肩を摑んで、身を起こした。そして、仰向けにすると、

「この顔に、見覚えがありやすかい」

銀次が向井に訊いた。殺された武士は、苦しげに顔を歪《ゆが》めていた。その顔が泥で汚れている。

「ないな」

向井は、武士の死顔に目をやって言った。

「そうですかい」

「いずれにしろ、この武士を斬った男は遣い手とみていい。真っ向から一太刀で、仕留めている」

向井は、剣客らしいひき締まった顔をしていた。

銀次は武士の懐に手を差し入れ、

「巾着も財布も持ってません」

と、言って向井に目をやった。

「懐の物を狙った辻斬《つじぎ》りかな」

「辻斬りですかい」

　銀次はそう言ったが、懐の物を狙った辻斬りとは思わなかった。金が狙いなら、若い武士ではなく、金を持っていそうな商家の旦那ふうの男を狙うだろう。

「旦那、向こうにも、ひとり倒れているようですぜ」

　銀次が、すこし離れた場所に人だかりがあるのを見て言った。そこにも、野次馬たちに交《ま》じって岡っ引きや下っ引きの姿があった。

「向こうも、みてみるか」

　向井が言った。

　銀次たち三人は、近くにあった別の人だかりに割り込んだ。野次馬たちは、岡っ引き姿の銀次と武士の姿を見ると、後じさってその場をあけた。

　町人体の男が、両膝を曲げたまま横臥《おうが》していた。盆の窪辺りから出血したとみえ、頭から胸の辺りにかけて地面が赭黒く染まっている。

「こっちは、町人ですぜ」

松吉が言った。

「この男は、盆の窪を刃物で刺されている。刀傷ではないな」

向井が倒れている男の首筋に目をやり、小声で言った。

「旦那、刀でないとすると、下手人は何でこいつの首を刺したんです」

銀次が訊いた。

「短刀のような短い刃物で、刺したとみるが……。決め付けることはできんな。ただ、下手人がひとりでないことは、確かだ。ひとりで、ふたりの男を離れた場所で斬り殺すのはむずかしいし、遣った得物も別のようだ」

「あっしも、下手人はふたりとみてやす」

銀次が言った。

そのとき、近くに集まっていた男たちのなかから、「八丁堀《はっちょうぼり》の旦那だ」「北町《きた》奉行所の島崎《しまざき》さまだ」などという声が聞こえた。

見ると、北町奉行所の定廻《じょうまわ》り同心の島崎綾之助《あやのすけ》が、数人の手先を連れて足早にやってくる。島崎は、黒羽織《くろばおり》の裾《すそ》を帯に挟む巻羽織《まきばおり》と呼ばれる町奉行所同心独特の格好をしていたので、遠目でもそれと知れた。手先は、ふだん島崎の供をしている小者《こもの》と中間《ちゅうげん》である。

「島崎の旦那だ」

銀次が言った。銀次は島崎から手札を貰《もら》っていた。父親の源七も島崎から手札を貰っていたので、銀次は島崎の手先を引き継いだことになる。

島崎は銀次のそばに来ると、

「ふたり、殺られてるそうだな」

すぐに、訊いた。

「へい、ここにひとり」

銀次はそう言った後、近くの人だかりに手をむけ、

「そこで、二本差しが、殺《や》られていやす」

と、言い添えた。

「銀次、そこの死体《おろく》も見たのか」

島崎が訊いた。

「見やした。刀で殺されたようでさァ」

「そうか。銀次、近所で聞き込んでみろ。下手人を目にした者がいるかもしれね

え」

島崎が、伝法《でんぽう》な物言いをした。定廻《じょうまわ》り同心は、事件の探索にあたるおりにならず者や無宿者と接する機会が多く、どうしても物言いが乱暴になるのだ。

「承知しやした」

銀次は松吉を連れてその場を離れた。

向井は島崎と顔を合わせると、軽く頭を下げただけで、何も言わずに銀次の後につづいた。島崎も苦笑いを浮かべただけで、何も言わなかった。

向井と島崎は、事件現場で何度か顔を合わせたことがあって知っていたのだ。

四

銀次は、人だかりから離れると、

「あっしと松吉は、近所で聞き込んでみやすが、旦那はどうしやす」

と、向井に目をやって訊いた。

「おれは、このまま帰る」

向井は、「朝飯がまだなのだ」と小声で言い添えた。

「あっしらも、朝飯は食ってねえんで」

銀次は苦笑いを浮かべ、

「向井の旦那は先に嘉乃屋に寄って、めしを食ってくだせえ。あっしらも、昼ごろには帰《けえ》りやす」

そう、言い添えた。

「すまんな」

向井は照れたような顔をしてその場を離れた。

銀次と松吉は向井を見送ると、半刻《はんとき》（一時間）ほどしたらこの場にもどることにして分かれ、別々に聞き込みにあたることにした。

ひとりになった銀次は、通り沿いにあった町家に立ち寄り、住人に昨夜の様子を訊いてみたが、ふたりの男が殺されるところを目撃した者はおろか悲鳴を聞いた者もいなかった。ただ、現場近くにあった飲屋の親爺《おやじ》の話だと、町木戸のしまる四ツ（午後十時）ごろまでは店にいたが、悲鳴も刀を弾《はじ》き合う音も聞こえなかったという。そのことから、武士と町人が斬殺されたのは、四ツ過ぎではないかとみた。

銀次が松吉と分かれた場にもどると、松吉が待っていた。

「歩きながら、話すか」

そう言って、銀次は山下の方にむかった。銀次は、このまま嘉乃屋にもどるつもりだった。銀次は腹が減っていた。松吉も同じだろう。

「ふたりが殺されたのは、昨夜の四ツ過ぎのようだ」

銀次が歩きながら言った。

「下駄屋の親爺も、四ツ過ぎに刀の弾き合うような音を耳にしたと言ってやした」

松吉によると、その下駄屋は、現場から半町ほど離れた場所にあるという。親爺は厠《かわや》に起きたとき、その音を耳にしたそうだ。

「いずれにしろ、ふたりが殺られたのは、人通りの途絶えた夜更《よふ》けだな」

銀次が言った。

「殺されたふたりは、どこかで飲んだ帰りですかね」

「そうかもしれん。……山下辺りで飲んだ帰りだとすると、ふたりの塒《ねぐら》は、殺された現場の先にあるとみていいな」

　ふたりが殺された道は、下谷から浅草に通じているが、途中町人地はほとんどなく武家屋敷と寺院がつづいている。

「殺されたふたりの身内の者は、現場に来てないようだが、まだ知らないのかな」

　銀次が言った。

「ふたりの塒は、浅草辺りかも知れやせんぜ」

「そうだな」

　銀次も、殺されたふたりの住居は、浅草方面だろう、とみた。

　ふたりはそんなやり取りをしながら歩いているうちに、山下を経て、不忍池の端につづく池之端仲町に入った。

　嘉乃屋の店先に暖簾《のれん》が出ていた。店の近くまで行くと、おきみと向井、それに与三郎の声が聞こえた。

　暖簾を分けて店に入ると、小上がりに向井の姿があった。おきみは小上がりの端に腰を下ろしていたが、与三郎は土間に立ったまま話していた。店にいるのは三人だけで、客の姿はなかった。

「銀次か、待っていたぞ」

向井が声をかけた。湯飲みを手にしている。茶を飲んでいたようだ。

「旦那、めしは」

銀次が訊いた。

すると、小上がりに腰を下ろしていたおきみが立ち上がり、

「向井の旦那は、おまえさんたちがもどってからめしにするとおっしゃって、茶しか飲まないんですよ」

と言って、銀次に目をやった。

「それなら、すぐにめしの仕度をしてくれ。おれたちも腹が減っている」

「すぐに、仕度します」

おきみが奥の板場にむかうと、与三郎もその場を離れた。ふたりで、銀次たち三人のめしの仕度をしてくれるらしい。

銀次と松吉が小上がりに腰を下ろすと、

「銀次、何か知れたか」

すぐに、向井が訊いた。

「それが、下手人につながるようなことは何も出てこねえんでさァ」

銀次が肩を落として言った。

「殺されたふたりの名も分からないのか」

「へい……。現場に身内も来ねえんで、名も住家《すみか》も分からねえんでさァ」

「いずれにしろ、殺されたふたりの塒は、浅草にあるのではないか」

「あっしも、そうみやした」

銀次が、「明日は、浅草に行ってみやす」と言い添えた。

「おれも行こう」

「旦那、剣術の稽古は」

銀次が訊いた。向井は道場主として、門弟たちに剣術の指南をしなければならない立場である。

「なに、おれがいなければ、門弟たちで稽古をする。それより、今度の事件は一筋縄ではいかんぞ」

向井が意気込んで言った。

「むずかしい事件だが……」

銀次は苦笑いを浮かべただけで、それ以上言わなかった。向井の好きなようにさせるしかないのだ。

それからいっときすると、おきみと与三郎が膳を運んできた。めしと汁のほかに、冷奴と漬物、それに浅蜊《あさり》と葱《ねぎ》の煮付けが出た。小料理屋らしい菜《さい》である。

「いただくかな」

向井が目を細めて手を伸ばした。

五

翌朝、銀次が朝餉《あさげ》を済ませていっときすると、松吉が嘉乃屋に姿を見せた。ふたりが店を出ようとすると、表の格子戸《こうしど》があいて向井が入ってきた。急いできたらしく、向井は息を弾ませていた。顔に汗が浮いている。

「まだ、いたか」

向井は銀次と松吉を見て、ほっとした顔をした。どうやら、向井は銀次たちといっしょに浅草まで行くつもりらしい。

「旦那、朝めしは」

銀次が訊いた。

「食ってきたぞ。いつも、嘉乃屋で世話になるわけにはいかないからな」

向井は、声を大きくして言った。

すると、向井の声が聞こえたらしく、奥からおきみが顔を出し、

「三人で、お出かけですか」

と、訊いた。板場で洗い物でもしていたらしく、手が濡《ぬ》れていた。

「これから、三人で浅草まで行くつもりだ」

向井が言った。

「みなさん、朝飯は済ませたのですか」

おきみが、松吉と向井に目をやって訊いた。銀次と向井の朝飯のやりとりが聞こえていたのかもしれない。

「済ませたぞ」

向井が言うと、松吉も、「済ませやした」と言い添えた。

「おきみ、出かけるぞ」

銀次があらためておきみに声をかけ、三人で店を出た。

銀次たちは下谷広小路から山下を経て、浅草につづく通りに出た。そこは、武士と町人が殺されていた道である。

銀次たちはふたりが殺されていた現場を通ったが、道の隅にわずかに血痕が残っているだけで、死体は置かれていなかった。殺されたふたりの身内の者が夜になって遺体を引き取ったのか、付近の住人が近くにある廣徳寺《こうとくじ》に運んだかであろう。

銀次たちは両側に寺院のつづく通りを東にむかい、東本願寺の門前通りに出た。通りをいっとき歩くと、四辻に突き当たった。その辺りは浅草田原町《たわらまち》である。

銀次たちは四辻を左手に折れ、東本願寺の裏門の前に出て間もなく、右手の広い通りに入った。そこは、浅草寺《せんそうじ》の門前につづく広小路である。大勢の参詣客や遊山客が行き交い、土産物屋《みやげもの》、そば屋、料理屋などが並んでいた。

銀次が、賑やかな広小路の左右に目をやり、

「物売りや遊び人もいるな」

と、小声で言った。銀次は広小路沿いにある店の脇や雷門《かみなりもん》の近くなどに、物売りや遊び人らしい男がいるのを目にとめたのだ。

「遊び人や地まわりなら、殺されたふたりの噂《うわさ》を耳にしているかもしれねえ」

銀次は、そうした男のなかに、事件のことで何か知っている者がいるのではないかと思った。

「手分けして、訊いてみるか」

向井が言った。

「そうしやしょう」

銀次たちは、半刻（一時間）ほどしたら雷門の前に集まることにしてその場で分かれた。

ひとりになった銀次は、広小路の左右に目をやりながら歩き、話の聞けそうな者はいないか探した。

……楊枝《ようじ》屋の娘に、訊いてみるか。

銀次は、そば屋の脇の楊枝屋を目にとめた。娘がひとりで店番をしている。楊枝屋は、浅草寺の参道に多いことで知られていた。楊枝屋は床店《とこみせ》で、器量のいい娘が店番をしていることが多かった。

銀次は楊枝屋に近寄った。

「いらっしゃい」

娘が笑みを浮かべて声をかけた。

「ちょいと、訊きてえことがあってな。手間はとらせねえ」

銀次が小声で言った。

「何でしょうか」

娘の顔から笑みが消えたが、それでも迷惑そうな顔ではなかった。銀次はまだ若く、男前だったからであろう。

「おれの妹がな、この辺りで幅を利かせている遊び人に騙《だま》されて、泣きをみたのよ。そいつに、一言いってやりてえと思って来たんだが、知らねえかい」

銀次が、もっともらしい作り話を口にした。

「遊び人と言われても……」

娘は困ったような顔をした。

「なに、この辺りで幅を利かせている男なら、だれでもいいんだ。そいつに訊けば、妹を騙した男も知れるからな」

「この辺りで、遊び歩いている男《ひと》といえば……」

娘は広小路の左右に目をやり、

「そこの料理屋の脇に立っている男」

と、楊枝屋の斜《はす》向かいにある料理屋を指差して言った。

銀次は、娘が指差した先に目をやった。楊枝屋の斜向かいにある料理屋の脇の路地に、遊び人ふうの男がひとり立っていた。

「あの男、若い女《ひと》を騙して弄《もてあそ》び、金を強請《ゆす》ったりしたそうですよ」

娘が眉を寄せて言い添えた。

「あいつの名を知ってるかい」

銀次が、訊いた。

「伊助《いすけ》という名だったかしら」

娘は首を捻《ひね》った。はっきりしないらしい。

「手間をとらせたな」

銀次は娘に礼を言って、楊枝屋の前を離れた。それ以上、娘から訊くことはなかったのである。

銀次は料理屋の脇に足をむけ、遊び人ふうの男に近付いた。男は銀次の姿を目にすると、戸惑うような顔をしたが、その場から動かなかった。

銀次は男の前に立ち、

「伊助かい」

と、楊枝屋の娘から聞いた名を口にした。

「そうよ。おめえは」

伊助の顔に警戒の色が浮いた。

「おれは、銀造《ぎんぞう》ってえ名でな。おめえに、訊きてえことがあってきたのよ」

銀次はならず者のような物言いをした。銀造は、咄嗟《とっさ》に頭に浮かんだ偽名である。

「何を訊きてえ」

伊助が、銀次を睨《にら》むように見すえた。

「一昨日《おととい》の夜、下谷の廣徳寺の近くで、男がふたり殺されたんだが、おめえ、耳にしてねえかい」

銀次が声をひそめて訊いた。

伊助は上目遣いに銀次を見た後、

「おめえ、殺されたふたりと、何かかかわりがあるのかい」

と、声をひそめて訊いた。

「あるのよ。殺されたひとりに、ちょいと世話になったことがあるんだ」

銀次がもっともらしく言った。

「弥三郎と知り合いかい」

伊助の顔から警戒の色が消えた。銀次のことを信用したらしい。

「まァ、そうだ。……弥三郎は二本差しといっしょに殺られたようだが、二本差しの名を知ってるかい」

銀次が訊いた。どうやら、殺された町人は、弥三郎という名らしい。

「木島の旦那だ」

伊助によると、名は木島佐之助で旗本の次男坊だが、ちかごろは家に寄り付かず、弥三郎と遊び歩いていたという。

「木島の旦那の家は、どこにあるか知ってるかい。……なに、昨日な、殺されたふたりの引き取り手がねえようだったので、知らせてやりてえのよ」

「阿部川町《あべかわちょう》の近くだと聞いたが、どこにあるか知らねえ」

浅草阿部川町は、東本願寺の南方、新堀川《しんぼりがわ》の西にひろがっている町人地だった。その阿部川町の南に武家地があるので、木島家の屋敷は、そこにあるのかもしれない。

「ところで、弥三郎の塒を知ってるか」

銀次が訊いた。

すると、伊助の顔に警戒の色が浮き、

「知らねえよ」

と、つっけんどんに言った。銀次が、ふたりのことを根掘り葉掘り訊くので、不審を抱いたらしい。

「弥三郎の家の者に知らせてやろうと思ったのだが、そこまでおれが出しゃばることはないか」

そう言い残し、銀次は踵《きびす》を返した。これ以上訊くと、伊助が騒ぎ出すとみたのである。

六

銀次は雷門の前にもどったが、まだ向井と松吉の姿はなかった。銀次は人込みを避け、門前からすこし離れたところで待つことにした。いっときすると、向井と松吉が慌てた様子で近寄ってきた。

「ここでは、話しづらいな」

銀次はそう言い、向井と松吉といっしょに雷門から東本願寺の方に歩き、人通りが疎《まば》らになった所で足をとめた。

そこは、瀬戸物屋の脇で店先に壺《つぼ》や擂鉢《すりばち》などが置いてあった。何人かの客が、店のなかにいた。湯飲みや茶碗、皿などは店内に並べてある。

店の客も通りかかった者も、銀次たちに不審の目をむける者はいなかった。そこに立って、だれかを待っていると思ったようだ。

「殺されたふたりの名が、知れやした」

そう言って、銀次は伊助から聞いた木島佐之助と弥三郎の名を口にし、木島が旗本の次男坊であることを話した。

「あっしも、弥三郎のことを聞きやした」

松吉が身を乗り出すようにして言った。

松吉によると、弥三郎は浅草寺界隈《かいわい》で遊び歩いていた男で、近頃あまり見掛けなくなったという。

「弥三郎は博奕好きで、よく賭場に出入りしていたようですぜ」

松吉が言い添えた。

「おれも、弥三郎が博奕好きだと聞いたぞ」

松吉につづいて、向井が言った。

「弥三郎が出入りしていた賭場が、どこにあるか訊きやしたか」

銀次が、向井に目をやって訊いた。

「訊いてみたが、だれも知らなかった」

向井が言うと、

「あっしも、賭場のある場所を訊きやしたが、だれも知らなかったんでさァ」

松吉が言い添えた。

銀次はいっとき、虚空《こくう》に目をやっていたが、

「木島と弥三郎が殺されたのは、賭場の帰りかもしれねえ」

と、つぶやいた。

「賭場の帰りなら、賭場は山下か下谷の広小路界隈にあるかもしれねえ」

松吉が身を乗り出すようにして言った。

「そうみていいな」

向井が言った。

銀次はいっとき間を置き、

「ところで、弥三郎の塒を訊きやしたか」

と言って、向井と松吉に目をやった。

ふたりとも、弥三郎の塒を訊いたが、知る者はいなかったという。

「これから、どうしやす」

銀次が、頭上に目をやって言った。陽は西の空にまわりかけていた。八ツ（午後二時）ごろではあるまいか。

「せっかく、浅草まで来たのだ。もうすこし探りたいが……。どうだ、腹拵《はらごしら》え

をしてからにせんか」

　向井が言った。

「そうしやしょう」

　銀次たちは、近くにあったそば屋に入った。

　三人でそばを手繰《たぐ》り、一休みしてから店を出た。

「阿部川町に、行ってみやすか」

　そば屋の店先で、銀次が言った。木島は旗本の次男で、屋敷が阿部川町の近くだと聞いていたので、そのことを言い添えた。

「木島の屋敷が知れれば、下手人のことで何か分かるかもしれんな」

　すぐに、向井が言った。乗り気になっている。

　銀次たち三人は東本願寺の門前通りを西にむかい、新堀川にかかる菊屋橋を渡ってから、川沿いの道を南にむかった。

　すぐに、右手に町家のつづく地に出た。その辺りが、浅草阿部川町である。阿部川町を抜けると、武家地に出た。旗本や御家人の屋敷がつづいている。

「阿部川町の近くなら、この辺りだな」

向井が道沿いにつづく武家屋敷に目をやりながら言った。

「手分けして訊いてみやすか」

銀次が言った。

「手分けして探すまでもあるまい。阿部川町の近くということであれば、武家地といっても旗本屋敷はそう多くない。近くの屋敷に住む者に訊けば、木島家の屋敷が何処にあるか知れるのではないか」

向井がそう言って、通りの先に目をやった。

「向こうから、中間らしい男がきやすぜ」

松吉が通りの先を指した。

見ると、中間らしい男がふたり、何やら話しながら歩いてくる。

「おれが訊いてみる」

向井が、足早にふたりの中間に近付いた。

銀次と松吉は路傍《ろぼう》に足をとめ、向井とふたりの中間に目をやっている。

いっとき、向井はふたりの中間と話していたが、何やらふたりに声をかけてから足早にもどってきた。ふたりの中間は、向井と分かれた後、左手の通りに入った。奉公先の武家の屋敷にむかったのかもしれない。

向井は銀次たちのそばに来ると足をとめ、

「おい、木島家の屋敷が知れたぞ」

と、昂《たかぶ》った声で言った。

「どこです」

「二町ほど歩くと、右手に入る道があるそうだ。その道に入るとすぐに、二百石ほどの旗本屋敷があるらしい。それが、木島家の屋敷だそうだ」

向井はそう言うと、先に立って歩きだした。

向井が言ったとおり、二町ほど歩くと右手に入る道があった。道沿いに、武家屋敷がすこし間を置いて並んでいた。

向井が先に立って右手の道に入り、道沿いにあった武家屋敷の門前で足をとめた。

「この屋敷だ」

向井が声を殺して言った。

その屋敷は、片番所付きの長屋門だった。禄高が二百石ほどと思われる旗本の屋敷である。念のため、銀次たちは、木島家と思われる屋敷の斜《はす》むかいにあった武家屋敷の築地塀《ついじべい》の陰に身を隠した。

「静かだな」

向井が、言った。旗本屋敷は、ひっそりとして物音も人声も聞こえなかった。

「どうしやす」

松吉が訊いた。

「せっかく、木島家の屋敷をつきとめたのだ。木島のことだけでも訊いてみるか」

向井が、屋敷の長屋門を見つめたまま言った。

七

銀次たちが築地塀の陰に身を隠して、小半刻《こはんとき》（三十分）も経ったろうか。長屋門の脇のくぐりから、若い武士がひとり姿を見せた。

「若党のようだ」

向井が言った。

若い武士は通りに出ると、川沿いの道の方へ歩きだした。

「あっしが、訊いてきやしょう」

銀次は築地塀の陰から出ると、小走りに若い武士の後を追った。

「しばし、お待ちを」

銀次は武士の後ろから声をかけた。

武士は足をとめて振り返り、

「おれに用か」

と、銀次に訊いた。武士の顔に、戸惑うような色があった。声をかけたのが、見知らぬ町人だったからだろう。

「お訊きしたいことがありやす。足をとめさせる訳にはいかねえ。歩きながら、あっしの話を聞いてくだせえ」

銀次は腰を屈《かが》め、揉《も》み手《て》をしながら言った。

「そうか」

武士はゆっくりした歩調で歩きだした。

「あっしは、木島佐之助さまに世話になったことがあるんでさァ。その佐之助さまが、亡くなったと耳にしやしてね」

銀次が、腰をかがめながら小声で言った。

「そうか。……佐之助さまは、勘当同然でな。屋敷に寄り付かなかったのだが、まさか、あのようなことになるとはな」

武士が眉を寄せて言った。

「それで、佐之助さまの御遺体は、どうなされやした」

「引き取った。内々で、密葬するそうだ。……どうも世間に知られたくない場所からの帰りに殺されたようだし、殺した相手も分からないのだ」

「佐之助さまは、どこからの帰りに殺されたのです」

銀次が、声をひそめて訊いた。

「はっきりしたことは知らぬが、賭場からの帰りらしい」

「賭場ですかい」

「おまえも知っているだろうが、佐之助さまは、次男の冷や飯食いということもあって、遊び歩くことが多かったのだ。賭場や女郎屋にも、よく出かけていたらしい。……近頃は勘当同然でな、屋敷にも寄り付かなかったのだ」

武士の声には、他人の噂話をするようなひびきがあった。佐之助が屋敷に寄り付かなかったこともあり、奉公している木島家の家族のひとりという思いが薄いのかもしれない。

「それで、佐之助さまは、どこの賭場に出かけた帰りに殺《や》られたんです」

銀次は、どこの賭場か知りたかった。賭場が分かれば、木島と弥三郎を殺した相手が、割り出せるかもしれない。

「下谷らしい」

武士は素っ気なく言った。

「下谷のどこです」

すぐに、銀次が訊いた。下谷というだけでは、探しようがない。

「以前、山下に遊びに行くと、聞いたことがあるな。……博奕ではなく、女遊びかもしれん」

「あっしは、佐之助さまがどこへ出かけた帰りに殺られたか知りてえ。佐之助さまに、世話になったことがありやしてね。あっしにできるかどうか分からねえが、殺した相手をつきとめて、敵《かたき》を討ってやりてえんでさァ」

銀次は、武士に喋《しゃべ》らせるためにそう言ったのだ。

「おまえが、佐之助さまの敵をな」

武士が薄笑いを浮かべて言った。

「佐之助さまから、賭場のことで、何か聞いたことがありやすか」

さらに、銀次が訊いた。

「おれには、何のことか分からなかったが、賭場のことを話しているとき、佐之助さまが怖い赤鬼のいるところだ、と口にされたのを覚えている」

武士の顔から、薄笑いが消えている。

「赤鬼ですかい」

思わず、銀次が訊き返した。

「おれには、何のことか分からなかったがな」

そう言って、武士は足を速めた。見ず知らずの男と、話し過ぎたと思ったのかもしれない。

銀次は足をとめた。これ以上、武士から話を訊くのは無理である。武士が遠ざかると、銀次は踵《きびす》を返して向井と松吉のいる場にもどった。

銀次は武士から聞いたことをかいつまんで話してから、

「殺された佐之助は、赤鬼のいるところに賭場があると話したらしいのだが、何か心当たりがありやすか」

と、向井に目をやって訊いた。

「赤鬼だと」

向井は、首を捻った。

松吉も心当たりはないらしく、驚いたような顔をして銀次を見つめている。

「いずれ知れる……」

銀次が、つぶやくような声で言った。

それから、銀次たち三人は来た道を引き返し、賑やかな浅草寺門前の広小路にもどった。陽は西の家並の向こうに沈みかけていた。あと、半刻（一時間）もすれば、暮れ六ツ（午後六時）の鐘が鳴るだろう。

銀次たちは広小路で手分けして、ならず者や遊び人などに声をかけ、賭場や赤鬼のことを訊いたが、新たなことは分からなかった。

ただ、松吉が気になることを耳にしてきた。弥五郎《やごろう》という岡っ引きが、赤鬼の名を出して、浅草寺界隈で聞き込みにあたっていたというのだ。

松吉から話を聞いた後、

「銀次、弥五郎という男を知っているか」

向井が銀次に訊いた。

「へい、名は聞いてやす」

銀次は弥五郎と話したことはなかったが、弥五郎のことを知っていた。知っているといっても、浅草の浅草寺界隈を縄張りにしている岡っ引きで、下手人を執《しっ》拗《よう》に追うことで有名という程度だ。

銀次が弥五郎のことを話すと、

「いずれにしろ、赤鬼と呼ばれる男が鍵を握っていそうだな」

向井が虚空《こくう》を睨むように見すえて言った。

第二章　岡っ引き殺し

一

嘉乃屋の小上がりで、銀次と向井が茶を飲んでいた。銀次が朝飯の後、茶を飲んでいるところに、向井が顔を出したのだ。

おきみは、板場にいた。銀次の朝飯の後片付けをしている。

「与三郎は、遅いな」

向井が言った。今朝は、まだ与三郎が嘉乃屋に来ていなかった。いつもなら来ているのだが、今日はまだ姿を見せない。

「何かあったかかな」

銀次も、与三郎の来るのが遅いので気になっていた。

ふたりが、そんなやり取りをしているところへ、与三郎と松吉が顔を出した。

ふたりは、銀次と向井の顔を見ると、すぐに近寄ってきた。

「お、親分、殺られやした！」

松吉が声をつまらせて言った。

「だれが、殺られたのだ」

銀次が身を乗り出すようにして訊いた。

「弥五郎、親分でさァ」

与三郎が声高に言った。

「弥五郎親分だと……」

銀次の脳裡《のうり》に、弥五郎の名が去来《きょらい》した。

「浅草で、赤鬼を追っていた親分でさァ」

松吉が言った。

「浅草の親分か」

銀次は思い出した。弥五郎は、浅草寺界隈を縄張りにしている親分である。

「今朝、あっしの知り合いの親分から、弥五郎親分が殺されたことを聞いたんでさァ。それで、ここに来るのが遅れちまった」

与三郎によると、弥五郎は浅草の東本願寺の裏門の近くで殺されたという。

「親分、浅草に行きやしょう」

松吉が意気込んで言った。

「行こう」

銀次が立ち上がった。弥五郎は、赤鬼と呼ばれる男を追っていて殺されたにちがいない、と銀次は思った。

「おれも、行く」

向井も、手にした湯飲みを脇に置いて立ち上がった。

そこへ、おきみが慌てた様子で板場から出てきた。男たちのやり取りが、耳に入ったのだろう。

「おきみ、出かけるぞ」

銀次が声をかけた。

「ま、待って」

おきみは、すぐに小上がりの奥の座敷に入り、火打石と火打金を持ってきて、銀次たちの襟元《えりもと》で切り火を打った。

「みんな、気をつけて」

おきみは、銀次だけでなく、松吉と向井にも目をやって言った。

銀次たちはおきみと与三郎を残し、店から飛び出した。三人が向かった先は、浅草の東本願寺である。

銀次たちは下谷広小路から山下に出て、浅草にむかった。そして、木島と弥三郎の殺された場所を経て、東本願寺の門前通りに出た。

銀次たちは門前通りを東に歩き、突き当たった道を左手に折れた。その道をいっとき歩くと、東本願寺の裏門の前に出た。

「そこですぜ」

松吉が前方を指差して言った。

裏門の前に、人だかりができていた。通りすがりの野次馬が多いようだったが、岡っ引きや下っ引きの姿もあった。まだ、八丁堀の同心の姿はなかった。八丁堀から浅草は遠いので、駆け付けるのは、陽が高くなってからだろう。

銀次は人だかりのそばまで行くと、十手を手にし、

「すまねえ、前をあけてくんな」

と、声をかけた。その声で、野次馬たちは身を引いた。

地面に男がひとり、俯せに倒れていた。周囲の地面に、血が飛び散っている。

倒れている男が、弥五郎らしい。

その男のそばに、岡っ引きと下っ引きが数人立っていたが、銀次たちが近付くと、すこし身を引いた。

「この男が、弥五郎か」

向井が、念を押すように訊いた。

「や、弥五郎親分でさァ」

若い男が、声をつまらせて言った。顔が強張《こわば》り、体がかすかに顫《ふる》えている。

「刀傷だな」

向井が、弥五郎の傷を見て言った。

弥五郎は、肩から背にかけて深く斬られていた。羽織や小袖《こそで》が、どっぷりと血を吸っている。

「弥五郎を斬った男は、武士かもしれぬ」

向井が、そばにいる銀次たちだけに聞こえる声で言った。刀傷だけでは、武士と断定できないのだろう。

「おめえ、弥五郎親分の手先かい」

銀次が若い男に訊いた。

「へい、泉吉《せんきち》といいやす」

若い男が言った。弥五郎が使っていた下っ引きらしい。

「弥五郎は、この辺りに探りにきていて殺られたのかい」

さらに、銀次が訊いた。

「へい、親分は田原町にいる房造《ふさぞう》ってえ男に話を訊いてみる、と言って、昨日《きのう》陽が沈んでから、この辺りに来たんでさァ」

泉吉が言った。

「房造な」

銀次は、房造という男に心当たりがなかった。

「親分は、房造なら赤鬼のことを知ってると言ってやした」

「房造は、赤鬼と呼ばれる親分の子分ではないか」

銀次が訊いた。

「そうでさァ」

「房造の塒《ねぐら》が、田原町にあるのだな」

「親分は、そう言ってやした」

「田原町のどの辺りだ」

田原町は、一丁目から三丁目まであるひろい町だった。田原町と分かっただけでは、探すのがむずかしい。

「親分は、一丁目と言ってやした」

「一丁目な。……房造という男は、何をやっているのだ」

銀次が訊いた。房造が何をやっているか知れれば、突き止めやすい。

「房造は遊び人のようでさァ」

「遊び人な」

銀次は、一丁目を当たれば、房造の居所は突き止められるとみた。遊び人なら、土地の者が知っているだろう。

「向井の旦那、何かあったら訊いてくだせえ」

そう言って、銀次は泉吉の前から身を引いた。

「泉吉、弥五郎は殺される前、賭場《とば》のことで何か言ってなかったか」

向井が、泉吉を見すえて訊いた。

「賭場は、山下辺りにあるらしい、と言ってやした」

「山下のどこだ」

向井が、身を乗り出すようにして訊いた。

「親分は、山下辺りと言っただけでさァ。……親分も賭場がどこにあるか、つかんでなかったようで」

「山下辺りか。……それだけでは、探しようがないな」

向井は、肩を落として身を引いた。

二

「八丁堀の旦那だ！」

人だかりのなかから声が聞こえた。

銀次が首を伸ばして、門前通りの方に目をやると、島崎の姿が見えた。数人の手先を連れて、足早にやってくる。

銀次はすぐに人だかりから離れ、島崎に近付いた。

「銀次か。弥五郎が、殺されたそうだな」

島崎が言った。どうやら、島崎は岡っ引きの弥五郎を知っているらしい。

「そこに」

銀次は弥五郎が横たわっている場所を指差した。

島崎が先にたつと、人だかりが割れた。島崎は、地面に横たわっている弥五郎の前に立った。

「刀で斬られたようだ」

島崎が、つぶやくような声で言った。

「下手人は、腕のたつ男だな。一太刀で仕留めている」

向井が言った。

島崎は向井に目をやり、

「向井どのが言うなら、間違いあるまい。それで、弥五郎を斬った男に、心当たりはあるのか」

と、訊いた。島崎は、事件現場で何度か向井と顔を合わせ、向井が銀次に手を貸して事件に当たっていることを知っていた。

「何者か分からないが、遣い手だな」

このとき、向井の脳裏に、車坂町の近くで木島を斬った男のことがよぎったが、口にしなかった。木島を斬った男と同様、剛剣の遣い手というだけで、同一人と決め付けることはできない。

「下手人は、武士とみているのか」

島崎が訊いた。

「まちがいない」

向井が断定するように言った。

「そうか」

島崎は、それ以上弥五郎の傷のことは訊かず、

「弥五郎は、何を探っていたのだ」

と、そばにいた泉吉に訊いた。

「親分は、田原町にいる房造ってえ男を探ってやした」

泉吉は、銀次たちに話したときと同じように房造の名を出した。

すると、そばにいた銀次が、

「あっしは、田原町に行って房造という男を探ってみやす」

と、島崎に言った。

「すぐ、行ってくれ」

島崎が銀次に指示した。

銀次が松吉に、「田原町に、行くぞ」と声をかけると、

「おれも行く」

そう言って、向井が銀次のそばに来た。

銀次、向井、松吉の三人はその場を離れ、東本願寺の裏門の前の道を南にむかった。その道沿いに、田原町は一丁目から三丁目までつづいていた。裏門のある辺りは、三丁目である。

銀次たち三人は一丁目まで行くと、路傍《ろぼう》に足をとめた。

「向井の旦那、三人で手分けして探しやすか」

銀次が向井に声をかけた。三人いっしょに歩きまわるより、別々に探した方が埒《らち》が明《あ》くとみたのである。

「房造という名の遊び人を探せばいいのだな」

向井が念を押すように言った。

「そうでさァ」

「よし、一刻《いっとき》（二時間）ほどしたら、そこにある八百屋の脇にもどることにして、この場で分かれよう」

向井が言い、三人はその場で分かれた。

ひとりになった銀次は、土地の遊び人やならず者に訊くのが早いと思ったが、房造を知っていそうな男は通らなかった。

銀次は人通りのある道をたどりながら、房造のことを知っていそうな男を探した。小半刻《こはんとき》（三十分）ほど歩いたろうか、通りの先にふたりの男の姿が見えた。

ふたりは小袖を尻《しり》っ端《ぱし》折《ょ》りし、両脛《りょうすね》を露《あらわ》にして歩いてくる。

……あのふたりに、訊いてみるか。

銀次は、ふたりの男に近付いた。

「ちょいと、すまねえ」

銀次がふたりに声をかけた。

「おれたちかい」

浅黒い顔をした男が、足をとめて訊いた。もうひとりは顎《あご》の尖《とが》った男で、細い目をしていた。

「へい、ちょいと、訊きてえことがありやしてね」

銀次が腰をかがめて言った。

「何が訊きてえ」

浅黒い顔をした男は、顎を突き出すようにして銀次を見た。

「ふたりは、房造兄いを知ってやすかい」

銀次は、房造の弟分のような言い方をした。

「知ってるぜ。おれたちも、房造兄いには世話になっているのよ」

浅黒い顔の男が言った。どうやら、ふたりは房造の子分らしい。

銀次は下手《へた》に房造のことを持ち出すと、ぼろが出ると思い、

「あっしは、二、三年前に、房造の兄いに世話になったことがありやしてね。久し振りで浅草に来たんで、挨拶しようと思って寄ったんでさァ」

と、尤《もっと》もらしく言った。

「房造兄いは、いるかな」

目の細い男が、小声で言った。

「房造兄いの塒を知ってやすか」

銀次が訊いた。

「知ってるよ」

「ここから遠いんですかい」

「遠くねえ。この道を二町ほど歩くと、表通りに突き当たる。…表通りに出ると、すぐに一膳めし屋があってな、その店の脇に、小料理屋があるのよ」

浅黒い顔の男が話した。

すると、目の細い男が、

「小料理屋の女将《おかみ》が、房造兄いの情婦《いろ》よ」

と、薄笑いを浮かべて言った。

「兄いに会って、挨拶だけでもしてくるかな」

銀次が言うと、

「おめえ、間違えても、女将《おかみ》に手を出すなよ。房造兄いに知れたら、生きちゃァいられねえぜ」

浅黒い顔の男が薄笑いを浮かべて言い置き、もうひとりの男といっしょに銀次から離れた。

三

ひとりになった銀次は、ふたりの男から聞いたとおりに二町ほど歩くと、表通りに突き当たった。

通りに目をやると、一膳めし屋はすぐに分かった。一膳めし屋の脇に、小料理屋らしい店がある。

銀次は小料理屋の前まで行くと、歩調を緩《ゆる》めて聞き耳をたてた。店のなかから、濁声《だみごえ》と嬌声《きょうせい》が聞こえた。客と女将の声であろうか。

銀次は、すぐに小料理屋の前を通り過ぎた。店先に立っていると、通りがかりの者が不審そうな目をむけるのだ。

銀次は小料理屋からすこし離れたところにあった下駄屋に立ち寄り、店先にいた親爺に、房造と女将のことを訊いてみた。

親爺は、房造のことを知っていて、

「あの男は、遊び人ですよ」

と、眉を寄せて言った。

親爺によると、女将はおれんという名で、房造の情婦《いろ》らしいという。

銀次はそれだけ聞くと、来た道を引き返した。向井たちと分かれて一刻ほど経つ。この後、どうするか向井たちと相談するつもりだった。

銀次が向井たちと分かれた場所にもどると、向井と松吉が待っていた。

「済まねえ。遅れちまったようだ」

銀次はそう言った後、向井たちに、房造がおれんという情婦と小料理屋にいることを話した。

「さすが、銀次だ。よくつきとめたな」

向井が感心したように言った。

「どうしやす」

銀次が、向井に目をやって訊いた。

「遅くなったな」

向井が西の空に目をやって言った。

陽はまだ西の家並の上にあったが、半刻（一時間）もすれば、沈むだろう。

「腹も減ったし、出直すか」

向井が言った。

「そうしやすか」

銀次も、房造を取り押さえて話を訊くのは、明日にしようと思った。

その日、銀次たちは嘉乃屋にもどり、おきみが仕度してくれた夕飯を食べた。

その後、明日、田原町へ出かける相談をした。


翌日、昼を過ぎてから、銀次、松吉、向井、それに与三郎の四人は、嘉乃屋を出て田原町にむかった。与三郎を加えたのは、房造を捕らえて向井道場に連れていくつもりだったからだ。道場内で、房造から話を聞くのである。

銀次たち四人は、田原町一丁目の表通りにある小料理屋の近くまで来て足をとめた。

「そこの小料理屋が、房造の塒だ」

銀次が指差して言った。

小料理屋の店先に、暖簾《のれん》が出ていた。店をあけているようだ。

「房造は、いるかな」

向井が言った。

「あっしが、見てきやす」

銀次はそう言い残し、ひとりで小料理屋にむかった。

銀次は小料理屋の近くまで行くと、入口近くの路傍《ろぼう》に立ち、通りかかった者に不審を抱《いだ》かせないように、その場で人を待つような振りをしていた。

店のなかから、話し声が聞こえた。女の昂《たかぶ》った声と男のくぐもった声である。

「おまえさん」という女の声が聞こえた。つづいて、「おれん、酒の仕度をしてくれ」という男の声がした。おれんと呼ばれた女は、女将であろう。いっしょにいる男は、房造ではあるまいか。

いっときして、銀次は店先から離れた。話し声がとぎれ、足音や瀬戸物の触れ合うような音が聞こえるだけになったからだ。

銀次は向井たちのいる場所にもどり、

「店には、女将と房造がいるようだが、はっきりしない」

と言って、耳にしたことを三人に話した。

「他の客は、いないのか」

向井が念を押すように訊いた。

「ふたりだけらしい」

「あっしが、房造らしい男を外に連れ出しやしょうか。あっしなら、まだ顔も名も知られてねえはずだ」

与三郎が言った。

「房造でなかったら、どうする」

銀次が訊いた。

「房造かどうか、確かめてから連れ出しやす」

「よし、房造をうまく連れ出してくれたら、おれが峰打ちで仕留めよう」

向井が意気込んで言った。

「行きやすぜ」

与三郎は、ひとりで小料理屋にむかった。向井が後につき、銀次と松吉がすこし間をとってつづいた。

与三郎は小料理屋の入口に立つと、聞き耳をたてて、なかの様子をうかがってから格子戸をあけた。

店のなかは、薄暗かった。土間の先が小上がりになっていて、そこに遊び人ふうの男と年増《としま》がいた。遊び人ふうの男は、酒を飲んでいた。年増が、相手をしているようだ。

「いらっしゃい」

年増が、立ち上がった。店に入ってきた与三郎を客と思ったらしい。

「房造兄いですかい」

与三郎が、小上がりにいる男に声をかけた。

「そうよ。……おめえ、だれだい」

房造が、与三郎を見据《みす》えて訊いた。

「与助《よすけ》と言いやす。親分に言われてきたんでさァ」

与三郎は、咄嗟に与助という名を口にした。与三郎という名は、隠しておきたかったのだ。

「赤鬼の親分か」

与三郎が、赤鬼のことを口にした。

「そうでさァ。……親分は、兄いに話があると言ってやした」

「賭場へ来いと言ってたのかい」

「そうでさァ。親分は、すぐ来るように言ってやしたぜ」

与三郎は、何とか房造を連れ出したかった。

「親分の呼び出しじゃァ、行かねえわけにいかねえな」

そう言って、房造は立ち上がった。

与三郎は、先に小料理屋を出た。そして、店の脇に身をひそめていた向井と銀次たちに、「房造が、出てくる」と声を殺して伝えた。

　与三郎が入口から離れると、向井は、店の入口に身を寄せて刀を抜いた。そして、刀身を峰に返した。房造を峰打ちに仕留めるつもりだった。

　向井が入口に身を寄せてすぐ、ふたたび格子戸があいて、男がひとり姿を見せた。房造である。

　房造は入口から出ると、与三郎のいる方へ歩きだした。房造は向井に気付いていない。その房造に、向井が背後から近寄った。

　房造はひとの近付く気配を感じたらしく、足をとめて向井の方へ顔をむけた。

「だれだ！」

　房造が声を上げた。

　向井は無言のままスッと房造に身を寄せ、手にした刀を一閃《いっせん》させた。素早い太《た》刀捌《ちさば》きである。

　向井の峰打ちが、逃げようとして走り出そうとした房造の腹に入った。腹を打つ鈍い音がし、房造は前によろめいた。そして、足をとめると、両手で腹を押さえてうずくまった。房造は顔をしかめ、苦しげに呻《うめ》き声を上げている。

　そこへ、銀次と松吉が走り寄り、房造の両腕を取って立たせると、引き摺《ず》るようにして房造を店の入口から引き離した。

銀次と松吉、それに向井も手を貸し、三人で房造を取り囲み、人通りのない路地に連れ込んだ。

四

銀次たちは、路地沿いで枝葉を茂らせていた椿《つばき》の樹陰に身を隠し、陽が沈んで辺りが暗くなるのを待った。

辺りが淡い夜陰につつまれたころ、銀次たちは捕らえた房造を連れ、人影のない路地や新道などをたどって、下谷上野大門町にある向井道場にむかった。

道場に着いたのは、深夜だった。銀次たちは房造を道場のなかほどに連れ込み、燭台《しょくだい》を脇に置いた。

燭台の火が、房造の顔を闇のなかに浮かび上がらせた。房造の顔は恐怖と不安で青ざめ、身を顫《ふる》わせている。

向井は道場内にあった木刀を手にして房造の脇に立ち、

「ここは、剣術道場だ。この木刀でおまえの頭を叩《たた》き割っても、稽古中に誤って打ったことにすればいいのだ」

と、声高に言った。

「……！」

房造は向井に目をやって、さらに体を顫《ふる》わせた。

「おれから、訊く」

そう言って、銀次は房造の前に立った。

「房造、おまえの親分は赤鬼だな」

銀次が房造を見据えて訊いた。

房造は戸惑うような顔をして口をつぐんでいたが、

「そうだ」

と、小声で言った。すでに、親分のことは知られていると思ったのだろう。

「赤鬼の名は」

銀次は、赤鬼と呼ばれる男の名を知らなかったのだ。

房造はいっとき間を置いてから、

「権蔵《ごんぞう》でさァ」

と、小声で言った。

「赤鬼の権蔵か。……ところで、権蔵はふだんどこにいるのだ」

銀次が声をあらためて訊いた。

「し、知らねえ」

房造は声をつまらせた。

「房造、親分の居所を知らないのか」

「権蔵親分は、あっしらにも居所を教えねえんだ」

房造が向きになって言った。

「どうやって、親分と会っているのだ」

銀次が房造を見据えて訊いた。

「お、親分が、賭場《とば》にいるときに顔を合わせやす」

「その賭場はどこにある」

「…………」

房造は口をつぐんで、銀次から目を逸《そ》らした。

「喋《しゃべ》らねえのかい。……やりたかァねえが、やるしかねえ」

そう言って、銀次は燭台を手にすると、火を房造の顔に近付けた。

房造は顔を逸らし、激しく身を顫わせた。

「おめえの顔が赤鬼みてえになっちまうぜ」

そう言って、銀次はさらに火を房造の顔に近付けた。

房造は身を反《そ》らせて炎から顔を遠ざけ、「喋る！　喋る！」と声を上げた。

「隠さず話せば、熱い思いをせずに済んだのに」

銀次は、燭台を房造から離して脇に立てた。

「賭場はどこにあるのだ」

銀次が声をあらためて訊いた。

「阿部川町でさァ」

房造が肩を落として言った。

「下谷ではないのか」

銀次は、下谷のどこかにあるとみていたのだ。向井たち三人も、驚いたような顔をしていた。

「下谷にもあると聞いたことがありやすが、あっしが知っているのは阿部川町の賭場だけでさァ」

「そうか」

どうやら、権蔵の賭場は下谷だけでなく阿部川町にもあるようだ、と銀次は思った。

「賭場は、阿部川町のどこにあるのだ」

銀次が訊いた。

「島崎屋《しまざきや》ってえ、料理屋の裏手でさァ」

房造によると、阿部川町には料理屋がすくないので、土地の者に訊けば、島崎屋はすぐに分かるという。

「島崎屋だな」

銀次はそう念を押すと、向井と与三郎に目をやり、「何かあったら、訊いてくだせえ」と言って、身を引いた。

「房造、車坂町の近くで、木島という武士と弥三郎という男を斬った者たちがいるな」

向井が房造を見すえて訊いた。

「話は聞いていやす」

「木島を斬ったのは、何者だ」

向井が語気を強くして訊いた。

「な、中沢《なかざわ》の旦那だと、聞いてやす」

房造が、声をつまらせて言った。

「中沢という男は、武士だな」

「牢人で、親分の用心棒をしてやす」

房造によると、源之助《げんのすけ》という名だという。

「権蔵の用心棒か」

「そう聞いてやす」

「ふだん、権蔵のそばにいることが多いのだな」

向井が訊くと、房造は首をすくめるようにうなずいた。

「もうひとり、弥三郎という男を殺《や》ったのは」

「島次郎《しまじろう》兄いで」

「島次郎という男は、権蔵の子分か」

「へい、兄いも親分のそばにいることが多いようでさァ」

「なぜ、木島と弥三郎を殺したのだ」

「知りやせん」

すぐに、房造が言った。

向井は、それだけ訊くと身を引いた。

「権蔵が赤鬼と呼ばれているのは、どういうわけだ」

向井に代わって、与三郎が訊いた。

「鬼のように怖《こえ》え、親分だからでさァ。それに、鬼のような顔をしてやす」

房造が身を竦《すく》めて言った。

「赤鬼の権蔵か」

そうつぶやいて、与三郎は身を引いた。

銀次たちの訊問は終わった。房造は、道場の奥にある向井の寝起きする座敷にしばらく閉じ込めておき、頃合をみて同心の島崎に引き渡すことにした。

五

翌朝、銀次、松吉、向井の三人は、おきみが仕度してくれた朝飯を食い終えると、嘉乃屋を出た。与三郎は店に残った。今日は、房造が口にした阿部川町にある賭場をつきとめるために行くので、それほどの人数はいらなかったのだ。

銀次たちはおきみに見送られて嘉乃屋を出ると、阿部川町にむかった。すでに、阿部川町には来ていたので、その道筋は分かっていた。

阿部川町に着いたのは、四ツ（午前十時）ごろだった。曇天のせいか、夕暮れ時のように薄暗かった。

阿部川町に入り、新堀川沿いの道をいっとき歩いた後、路傍で枝葉を茂らせていた欅《けやき》の幹のそばに足をとめ、

「手分けして探しやすか」

と、銀次が向井に目をやって言った。

「いや、賭場は島崎屋という料理屋の裏手にあるとのことだ。この辺りは、料理

屋がすくない。土地の者に訊けば、すぐに知れるのではないか」

向井が言った。

すると、通りの先に目をやっていた松吉が、

「その八百屋《やおや》で、訊いてきやす」

と言い残し、道沿いにあった八百屋に走った。

松吉は八百屋の親爺と何やら言葉を交わしていたが、すぐに踵《きびす》を返し、銀次たちのところへもどってきた。

「島崎屋という料理屋は、知れたか」

銀次が訊いた。

「知れやした。この先に、下駄屋《げたや》がありやしてね。その脇の道を入った先に、島崎屋はあるそうでさァ」

「行ってみよう」

銀次たちは、川沿いの道を歩いた。

いっとき歩いたとき、松吉が、

「そこに、下駄屋がありやす」

と言って、通りの先を指差して言った。

見ると、下駄屋の脇に道があった。そこにも行き交う人の姿があり、道沿いには店だけでなく、仕舞屋《しもたや》もあるようだった。

銀次たちは、下駄屋の脇の道に入った。二町ほど歩いたろうか。道沿いに料理屋らしい二階建ての店があった。

店先に近付くと、入口の掛け行灯《あんどん》に、「御料理　島崎屋」と書いてあるのが見えた。

「この店が、島崎屋だ」

銀次はそう言った後、店の脇から裏手に目をやったが、店の陰になってよく見えなかった。

「店の脇に、道がありやすぜ」

松吉が、島崎屋の脇を指差した。路地があった。島崎屋の裏手につづいているようだ。銀次たちは、路地に入った。路地にも、行き交うひとの姿があった。路地沿いに八百屋や下駄屋など、暮らしに必要な物を売る店が軒を連ねていた。仕舞屋もある。

銀次たちが路地に入って一町ほど歩くと、広い空き地になっている場所があった。その空き地のなかに、妾宅《しょうたく》とも隠居所とも思える板塀を巡らせた家があった。路地からその家まで、小径《こみち》がつづいている。

「親分、家の戸口にだれかいやすぜ」

松吉が声をひそめて言った。

見ると、家の戸口に若い男がひとり立っていた。裾高《すそだか》に尻っ端折りし、両脛をあらわにしている。遊び人ふうの男である。

「下足番だ！」

銀次が声を殺して言った。

銀次たちは空き地沿いの道を歩き、仕舞屋から半町ほど離れてから足をとめた。

「あの家が賭場だ」

銀次が言うと、向井と松吉がうなずいた。

「賭場は、ひらいてるのかな」

向井が言った。

「まだ、ひらいてないようだ」

銀次は、仕舞屋がひっそりしていたことと、戸口から出入りする者がいなかったことを話した。

「これからか」

「賭場がひらくのは、八ツ（午後二時）ごろじゃァねえかな」

銀次が言った。

「ひらく前に、めしを食ってくるか」

「そうしやしょう」

銀次たちは来た道を引き返し、島崎屋のすこし先にそば屋があるのを目にとめて店に入った。

銀次たちはそば屋で腹拵えし、ふたたび通行人を装って、賭場と思われる仕舞屋のある道に入った。そして、仕舞屋の前を通り過ぎ、半町ほど歩いてから路傍で枝葉を茂らせていた樫《かし》の樹陰に身を隠し、仕舞屋に目をやった。

「賭場に、男が入《へえ》っていきやすぜ」

松吉が言った。

ひとり、ふたりと、遊び人、職人、商家の旦那らしい男などが、空き地のなかの小径をたどって仕舞屋にむかい、戸口にいる下足番の若い衆に何やら声をかけて、仕舞屋に入っていく。

「あの男が、権蔵かもしれやせん」

松吉が、仕舞屋の戸口を指差して言った。

戸口にいた若い衆に出迎えられ、年配の男と子分らしい男が三人、仕舞屋に入ろうとしていた。

「権蔵ではないな。代貸《だいがし》ではないか」

銀次は、年配の男が長身でほっそりしていたので、権蔵ではないような気がした。それに、遠目にも鬼と呼ばれるような凄みが感じられなかったのだ。

「おれも、あの男は権蔵ではないとみた」

向井が言った。

「どうしやす」

松吉が訊いた。

「賭場から出てきた男に、なかの様子を訊いてみるか」

しばらく待つことになるが、負けがこみ、勝負がつづけられなくなった者が、賭場から出てくる、と銀次はみた。

六

賭場がひらいてから一刻（二時間）ほど経ったろうか。賭場では、博奕《ばくち》がつづけられているようだった。

「出て来ねえなァ」

松吉が、生欠伸《なまあくび》を噛《か》み殺して言った。

銀次たちが樫の樹陰に身を隠してから、賭場の客はひとりも出てこなかった。

「暗くなってきたな」

向井が言った。

辺りは淡い夕闇につつまれていた。賭場がひらかれている家からは、淡い灯が洩《も》れている。

「出てきたぞ！」

向井が身を乗り出して言った。

見ると、戸口から商家の旦那ふうの男がふたり出てきた。ふたりは下足番の若い衆に声をかけられたが、何も応えず、肩を落として空き地のなかの小径を歩いてくる。博奕に負け、持ち金が尽きて勝負がつづけられなくなったのだろう。

「あっしが、訊いてきやす」

そう言い残し、銀次が樹陰から出た。

銀次はふたりの男が通りに出て、賭場から遠ざかるのを待って近付き、

「旦那、どうでした」

と、小声で訊いた。

ふたりの男は銀次を見て、困惑したような顔をしたが、

「何か用かな」

と、四十がらみと思われる男が訊いた。もうひとりはすこし若く、三十代半ばらしかった。

「あっしは、これに目がねえんでさァ」

銀次は薄笑いを浮かべ、壺を振る真似をして見せた。

ふたりの男は戸惑うような顔をしただけで、何も言わなかった。

「あっしも、一勝負しようかと思ってきたんですがね。旦那たちが、賭場から出てきたのを見て、なかの様子を訊こうと思って声をかけたんでさァ」

そう言って、銀次はゆっくりとした歩調で歩きだした。

「てまえたちは、大負けですよ」

年配の男が、渋い顔をして言った。

すると、もうひとりも、

「負けがこんで、つづけられなくなって出てきたんです」

と、顔をしかめて言った。

「そうですかい。おれも、今日はやめとくかな。懐は寂《さび》しいし、勝てる気がしねえや」

銀次が言った。

「そういうときは、やめておいた方がいいですよ」

年配の男の声には、親しそうなひびきがあった。銀次の話に乗せられて、博奕仲間と思ったのかしれない。

「賭場に、権蔵親分がいやしたか」

銀次が訊いた。

「いません。ちかごろ、親分は、この賭場にはこないようです。貸元を子分にやらせているようですよ」

若い方の男が言った。権蔵のことを知っているようだ。

「別の賭場ですかい」

「そう聞きましたよ」

「どこにある賭場ですかね」

「下谷の山下と聞きましたよ」

年配の男が言った。

「山下ですかい」

思わず、銀次の声が大きくなった。山下に賭場があり、その賭場に権蔵は顔を出しているようだ。

……殺された木島と弥三郎は、山下の賭場で遊んだ帰りかもしれない。

と、銀次は思った。

「そのうち、おれも山下の賭場に行ってみるかな」

銀次はそうつぶやいた後、

「賭場は、山下のどの辺りにあるか知ってやすか」

と、年配の男に身を寄せて訊いた。山下といっても広いし、水茶屋、料理屋、料理茶屋など客の出入りする店が多く、賭場がひらかれている場所を突き止めるのはむずかしいだろう。

「山下にあると聞いたことはあるが、山下のどこか知りませんねえ」

年配の男は、脇にいた三十代半ばと思われる男に、

「安造《やすぞう》さん、知ってるかね」

と、訊いた。男の名は、安造らしい。

「知りません」

安造は素っ気なく言うと、すこし足を速めた。見ず知らずの男と話し過ぎたと思ったのかもしれない。

するとと、年配の男も足を速め、銀次から離れようとした。

「あっしは、一勝負してきやす」

そう言って、銀次は踵を返し、来た道を引き返した。

銀次は向井と松吉のいる場にもどると、ふたりの男から訊いたことをかいつまんで話した。

「賭場は、山下にあったのか」

向井が顔を厳しくして言った。

銀次たちはその場にとどまり、話の訊けそうな男が賭場から出てくるのを待ったが、出てきたのは若い遊び人ふうの男だけだった。

銀次は遊び人ふうの男を押さえて話を訊こうと思ったが、思いとどまった。客ではなく子分らしかったからだ。子分が捕らえられたと知れば、賭場を閉じ、代貸も主《おも》だった子分も姿を消すとみたのである。

「今日のところは、引き上げるか」

向井が言った。

七

銀次、向井、松吉の三人は樫《かし》の樹陰から出ると、来た道を歩きだした。このま嘉乃屋まで帰るつもりだった。

銀次たちが樹陰から通りに出たとき、賭場の入口から勝五郎という子分が出てきて、銀次たちを目にとめた。

……あの三人、木の陰にいたようだ。

と、勝五郎はつぶやき、銀次たちを見つめていた。

銀次たちは勝五郎に気付かず、賭場の前を通り過ぎた。

勝五郎は銀次たちが遠ざかってから通りに出て、跡を尾《つ》け始めた。銀次たちが何者か確かめるつもりだった。それというのも、武士がひとりいたので、岡っ引きにしては妙な組み合わせと思ったからだ。

銀次たちは自分たちが跡を尾けられているとは思わず、振り返って背後を見ることもなく、三人で話しながら新堀川沿いの通りに出た。

銀次たち三人が、嘉乃屋に着いたのは辺りが暗くなってからだった。三人は、おきみと与三郎に夕飯を頼んだ。

銀次たちが夕飯の仕度ができるのを待っているとき、嘉乃屋からすこし離れた路傍で、店先に目をやっている男がいた。阿部川町にある賭場から、銀次たちの跡を尾けてきた勝五郎である。

勝五郎は、銀次たちが嘉乃屋に入ってからも店先に目をやっていたが、なかなか出てこないので、通りかかった職人ふうの男に近付き、

「そこの店は、小料理屋かい」

と、嘉乃屋を指差して訊いた。

「そうだよ。嘉乃屋ってえ店だ」

職人ふうの男は、すぐに嘉乃屋の名を口にした。嘉乃屋のことを知っているようだ。近所の住人かもしれない。

「おれの知り合いの御用聞きらしい男が、店に入ったんだが、二本差しといっしょだったんで、人違いかと思って訊いてみたのよ」

勝五郎は、店に入った三人の正体を知りたかったのだ。

「ああ、銀次さんだよ。たぶん、お侍は、向井さまだ。向井さまは、銀次さんと親しくしていてな。ときどき、嘉乃屋に顔を出すようだ」

職人ふうの男が言った。

「銀次ってえ男も、御用聞きってわけかい」

「そうよ。親の代からの御用聞きでな。銀次さんは若《わ》え《け》が、腕利きらしいぜ」

「お侍は、町方かい」

勝五郎が訊いた。

「ちがうよ。向井さまは、剣術道場をひらいているらしいぜ」

「剣術道場だと」

勝五郎は、驚いたような顔をした。

「そうよ。向井さまは、腕がたつらしいぜ。剣術道場の主だからな」

「何で、道場主が御用聞きといっしょに歩きまわってるんだ」

勝五郎が訊いた。

「詳しいことは知らねえが、向井さまは銀次さんの親の代から付き合っていてな。捕物に手を貸してるようだ」

「ふだん、道場にいねえのかい」

「くわしいことは知らねえが、道場主の向井さまがいねえときは、門弟だけで稽古してるらしいな」

職人らしい男は、そう言うと、「急いでいるんでな」と言い残し、足早に男か

ら離れた。その場に残った勝五郎は、いっとき路傍に立って嘉乃屋の店先に目をやっていたが、
……早《はえ》えとこ、始末した方がいいな。
とつぶやき、足早にその場を離れた。

銀次、向井、松吉の三人は、嘉乃屋の小上がりに腰を下ろし、おきみと与三郎が運んでくれた夕飯を食べていた。菜は客に出した残りの刺身と煮物だったが、旨《うま》かった。

「済まないな。手間を取らせて」

向井が、おきみと与三郎に目をやって言った。

「ちょうど、お客さんが、帰ったところだったの。遠慮しないで、食べてくださいね」

そう言って、おきみは銀次のそばに腰を下ろした。

与三郎は、土間に立ったまま銀次たちに目をやっている。

銀次たち三人が夕飯を食べ終え、おきみが淹れてくれた茶を飲んでいるとき、

「明日は、どうしやす」

と、松吉がその場にいる男たちに目をやって訊いた。

「明日は山下だな」

銀次が湯飲みを手にしたまま言った。

「賭場ですかい」

「そうだ」

銀次が答えたとき、黙って聞いていた与三郎が、

「権蔵の賭場が山下にあると、分かったんですかい」

と、身を乗り出すようにして訊いた。

「山下にあることだけはな。……だが、山下はひろい。賭場をつきとめるのは、簡単ではないぞ」

向井が言った。

「明日は、あっしも行きやしょう」

そう言って、与三郎はおきみに目をやった。店を留守にするのが、気になったらしい。

「与三郎さんも、行ってください。……わたしひとりで、何とかやりますから」

おきみが言った。

「明日は、おきみに店を頼む。遅くならずに、帰るつもりだ」

銀次は、賭場のある場所がつきとめられれば、嘉乃屋が忙しくなる前に帰れるとみたのだ。

第三章　見せしめ

一

「おまえさん、気をつけてね」

おきみが、銀次の襟元《えりもと》で切り火を打った。

銀次は、権蔵の賭場を探すために山下へ行くのだ。いっしょに行くことになっていた向井、松吉、与三郎の三人は、先に店を出て戸口で待っている。

銀次は店から出ると、

「すまねえ、待たせちまって」

そう言って、向井たちとともに不忍池《しのばずのいけ》の端の道を下谷《したや》広小路にむかった。

賑やかな下谷広小路に出ると、北にむかい、寛永寺を前方に見ながら歩いて山下に出た。山下も旅人や参詣客、それに大勢の遊山客で賑わっていた。通り沿いには水茶屋が並び、茶汲み女が男たちの袖《そで》を引いている。

銀次たちは、高倉屋《たかくらや》という老舗《しにせ》の料理屋の脇に足をとめた。そこなら、茶汲み女もいないし、行き交う人々の邪魔にもならなかったのだ。

「ここで分かれ、手分けして探しやすか」

銀次が向井たち三人に目をやって言った。

「一刻《いっとき》（二時間）ほどしたら、またここに集まることにすればいい」

向井が言い、四人はその場で分かれた。

ひとりになった銀次は、賑やかな山下を歩きまわっても賭場がどこにあるか摑めないと思い、山下のことに詳しい者に訊いてみようと思った。

銀次は、稲荷寿司《いなりずし》売りを目にとめた。料理屋の脇に移動屋台を置いて、稲荷寿司を売っている。浅黒い顔をした老齢の男だった。何年も前から、銀次は山下を通るおり、その男を目にしていた。

銀次は、稲荷寿司売りに近付いた。

「いらっしゃい」

男は愛想笑いを浮かべ、箸《はし》で稲荷寿司を挟んだ。客と思ったらしい。

「済まねえ。訊きてえことがあるんだ。なに、商売の邪魔はしねえ。すぐ、店から離れるぜ」

「なんです」

男は稲荷寿司から箸を離し、銀次に顔をむけた。不機嫌そうな顔をしている。

「この辺りに、賭場があると聞いてきたんだがな。知らねえかい」

銀次は男に身を寄せ、声をひそめて訊いた。

「賭場ですかい」

「そうだ」

「噂は聞いたことがありやす」

「噂でいい。どこにある。なァに、ちょいと手慰《てなぐさ》みするだけだ」

銀次は賭場に遊びに行くふりをした。

「この先に、三島屋《みしまや》ってえ料理屋がありやす。その裏手に、賭場があると聞いたことがありやすが、何年も前《めえ》なので、いまもあるかどうか分からねえ」

親爺が、北の方を指差して言った。

「三島屋な」

銀次は男に、「手間を取らせたな」と言って、すぐにその場を離れた。商売の邪魔をしたくなかったのだ。

銀次は男が指差した北の方にいっとき歩き、目についた料理屋の店先に近付いた。店の入口の脇にかかっていた掛け看板に、「御料理　三島屋」と記してあった。

銀次は、稲荷寿司売りが話していた料理屋だとみて、店の脇に目をやった。裏手にまわる小径《こみち》があった。

銀次が小径に踏み込もうとしたとき、背後に近寄ってくる足音を耳にした。振り返ると、向井が足早にやってくる。

「銀次も、ここに、賭場があると聞いてきたのだな」

向井が銀次に身を寄せて言った。

「そうでさァ」

「行ってみよう」

銀次と向井は、小径に入った。

小径と言っても、三島屋の裏手に通じているだけだった。裏手には、離れらしい建物があった。三島屋の離れで、上客用の座敷があるのかもしれない。

銀次と向井は離れの近くまで来ると、つつじの植え込みの陰に屈んで身を隠した。

「いやに静かだな」

向井が声をひそめて言った。

「客はいねえようだ」

妙にひっそりしている。人声も物音も聞こえなかった。

「この離れが、賭場かな」

「まだ、早《はえ》えので、権蔵の子分も客も来てねえのかもしれねえ」

それから、銀次と向井は半刻（一時間）ちかくも、その場に屈んで離れに目をやっていたが、人が出入りする様子もなかった。

「今日は、これまでにしやすか」

銀次が言った。

「そうだな」

向井が立ち上がり、小径をもどり始めた。

銀次は向井の後につづいた。ふたりは足音を忍ばせて、三島屋の脇を通って広小路にむかった。

そのとき、離れの戸口から男がひとり顔を出した。勝五郎である。勝五郎は、銀次たちが三島屋の裏手が賭場になっていたことを耳にし、様子を見に来るのではないかとみて離れで待っていたのである。

勝五郎は、銀次と向井の跡を尾け始めた。そして、銀次たちが賑やかな通りに出て人込みに紛《まぎ》れると、踵《きびす》を返して離れにもどった。

離れの座敷には、数人の男が集まっていた。そのなかに、木島を斬った牢人と弥三郎を殺した島次郎の姿もあった。

「ここを探りにきたのは、銀次と向井ってえ二本差しですぜ」

勝五郎が言った。

「中沢の旦那、どうしやす」

島次郎が牢人に訊いた。

牢人は、中沢源之助である。

「木島たちと同様、始末するしかないな」

中沢が、その場にいる男たちに目をやって言った。

二

銀次と向井が高倉屋の脇まで来ると、与三郎と松吉の姿があった。ふたりは先にもどって、銀次たちを待っていたようだ。

「何か、知れたか」

向井が、与三郎と松吉に目をやって訊いた。

「山下に賭場があると聞いて、行ってみたんですがね。古い家で、近頃、ひとの出入りした様子がねえんでさァ」

与三郎が肩を落として言うと、

「あっしも、駄目でした」

松吉が首をすくめて言った。

「おれたちも賭場らしい離れを見つけたが、人の出入りする様子がねえんで、もどったのだ」

銀次が、三島屋の裏手にある離れだと言い添えた。

「陽が沈むころ、様子を見に来れば、賭場かどうか様子が知れよう」

向井が言った。

「いったん嘉乃屋にもどりやすか」

「そうするか」

銀次たちは、賑やかな山下を下谷広小路にむかって歩いた。


銀次たちの跡を尾ける男たちがいた。総勢六人だった。勝五郎、中沢、島次郎の三人と、離れにいた権蔵の子分たち三人である。

勝五郎たち六人は、銀次たちからそれほど間を置かずに跡を尾けていた。人通りが多いので、振り返っても気付かれないが、六人は用心して歩いていた。先を行く銀次たちは、尾行されているとは思わず、振り返って見ることもなかった。

銀次たちは賑やかな山下から下谷広小路に入ると、すぐに右手に折れ、不忍池の端の道を嘉乃屋にむかった。

人通りのすくない池の端の道を歩き、前方に嘉乃屋が見えてきたとき、何気なく背後を振り返った与三郎が、

「後ろから来る男たち、山下でも見掛けやしたぜ」

と、声をひそめて言った。

向井と銀次は、すぐに振り返った。武士と数人の遊び人ふうの男が、足早に近付いてくる。

「やつら、おれたちを襲う気だ！」

銀次が昂った声で言った。

その声が聞こえたかどうか分からないが、背後から来る武士と男たちが急に走りだした。銀次たちに迫ってくる。

「権蔵の子分たちだな」

向井が刀の柄に右手を添えて言った。

「池を背にするのだ！」

銀次が声を上げ、すぐに不忍池を背にして立った。襲撃者に取り囲まれるのを避けようとしたのだ。

向井たち三人も、池を背にして立った。そこへ、男たちがばらばらと走り寄った。牢人体の武士がひとり、遊び人ふうの男が五人いる。

銀次は懐からまろほしを取り出すと、すばやく刀受けと槍穂をひらき、目釘でとめた。この場は戦うしかないとみたのである。

前に立った島次郎が、銀次の手にしたまろほしを見て、

「何だ、それは」

と、驚いたような顔をして訊いた。

「まろほしだよ。十手のように、刀を受けるだけじゃァねえぜ。槍で突き刺すからな。用心してかかってこい」

銀次は、手にしたまろほしの槍穂の先を島次郎にむけた。

「子供騙しの玩具《おもちゃ》じゃァねえのか」

島次郎は揶揄《やゆ》するように言ったが、警戒して匕首《あいくち》を手にしたまま間合を詰めてこなかった。

このとき、向井は中沢と対峙《たいじ》していた。

ふたりの間合は、およそ三間――。まだ、一足一刀の斬撃の間境の外だった。向井は青眼に構え、剣尖《けんせん》を敵の目にむけていた。腰の据《す》わった隙《すき》のない構えである。

対する中沢は、八相に構えた。威圧感のある大きな構えである。真剣勝負の場合、恐怖感と異常な気の昂《たかぶ》りがあるものだが、中沢には、興奮している様子がなかった。顔の表情も変わらない。

……なかなかの遣い手だ。

と、向井はみてとった。中沢の構えは隙がないだけでなく、異常な気の昂りで身が硬くなっている様子もなかった。

「おぬしか、木島を斬ったのは」

向井が訊いた。

「知らぬ！」

中沢が声高に言った。そのとき、中沢の手にした刀が、かすかに揺れた。向井に、木島を斬ったと指摘されて動揺し、柄を握っていた手に力が入ったためである。

「やはり、おぬしが、木島を斬ったのだな」

「そうかもしれぬ。次は、おぬしの番だな」

中沢が向井を見据えて言った。

ふたりは、青眼と八相に構えたままいっとき対峙《たいじ》していたが、中沢が先《せん》をとった。

「いくぞ!」

中沢が声を上げ、間合をつめ始めた。八相に構えたまま足裏を摺《す》るようにして、ジリジリと間合を狭めてくる。

対する向井は、動かなかった。青眼に構えたまま、中沢との間合と斬撃の気配を読んでいる。

ふたりの間合が、一足一刀の斬撃の間境まであと半間ほどに迫ったとき、ふいに中沢の寄り身がとまった。間合が狭まってもまったく動じず、構えもくずれない向井に、中沢はこのまま斬撃の間合に踏み込むと、後《おく》れをとるとみたようだ。

イヤアッ！

突如、中沢が裂帛《れっぱく》の気合を発した。気合で向井の気を乱そうとしたのである。

だが、気合を発したことで、中沢の体に力が入り、八相の構えが乱れた。この一瞬の隙を、向井がとらえた。

向井が一歩踏み込みざま、鋭い気合とともに斬り込んだ。

青眼から踏み込みざま袈裟へ――。

中沢も袈裟へ――。

袈裟と袈裟。ふたりの刀身が眼前で合致し、青火が散って甲高《かんだか》い金属音がひびいた。次の瞬間、ふたりは二の太刀をふるった。

中沢は後ろへ跳びざま刀身を横に払い、向井は鋭く籠手《こて》へ斬り込んだ。

中沢の切っ先は、向井の胸の辺りをかすめて空を斬り、向井の切っ先は、中沢の右の前腕を斬った。

ふたりは大きく間合をとると、ふたたび青眼と八相に構え合った。

中沢の右の前腕から血が流れ出、袖口を赤く染めていく。ただ、深手ではなかった。薄く皮肉を裂かれただけである。

「勝負あったな」

向井が言った。

「かすり傷だ。次は、貴様の首を斬り落としてくれる」

中沢の双眸《そうぼう》が、燃えるようにひかっている。腕を斬られたことで、気が異様に昂揚《こうよう》しているらしい。

三

銀次と島次郎は、対峙したまま動かなかった。

ふたりの間合は、およそ二間ほどしかなかった。ふたりの手にしている武器がまろほしと匕首《あいくち》だったので、どうしても間合が狭くなるのだ。

銀次は島次郎の構えに隙がなく、腰が据わっているのをみて、

「弥三郎を殺したのは、おめえか」

と、訊いた。

「どうかな」

島次郎が嘯《うそぶ》くように言ったが、顔に動揺の色があった。

「おめえが、その匕首で弥三郎を殺したのだな」

銀次がそう言ったとき、ふいに島次郎が仕掛けた。

「次は、おめえだ！」

叫びざま、島次郎が匕首を手にしたまま つっ込んできた。

島次郎は銀次に迫ると、手にした匕首を振り上げて払った。刹那《せつな》、銀次はまろほしの刀受けで、匕首を受けた。そして、まろほしを握った手首を捻ると、匕首が島次郎の手から離れて、地面に落ちた。一瞬の攻防である。

勢い余った島次郎は、たたらを踏むように泳いだ。すかさず、銀次は島次郎に身を寄せ、まろほしを突き出した。素早い動きである。槍穂の先が、島次郎の左の肩先に突き刺さった。

ギャッ！　と悲鳴を上げ、島次郎はよろめいた。だが、島次郎はすぐに体勢を立て直して逃げた。

銀次が島次郎を捕らえようとして踏み込んだとき、別の遊び人ふうの男が、匕首を手にしてまわり込んできた。男は目をつり上げ、腰を屈めている。いまにも飛び掛かってきそうだ。

銀次は足をとめ、前に立った男にまろほしをむけた。これを見た島次郎は、さらに銀次から逃げた。

このとき、島次郎たちを後ろで見ていた勝五郎が、

「引け！　引け！」

と、叫んだ。このままだと、向井や銀次に、仲間たちが何人も殺されるとみたのだろう。勝五郎の声で、向井と対峙していた中沢は、

「勝負、預けた！」

と、向井に声をかけて後ずさった。

そして、向井との間があくと、抜き身を手にしたまま反転して走りだした。逃げたのである。

勝五郎と中沢が逃げるのを見た他の男たちも、先を争うようにして逃げ出した。

銀次、向井、与三郎、松吉の人は、その場に立ったまま逃げる勝五郎たちの後ろ姿を見ていたが、

「あいつら、山下からおれたちを尾けてきたらしい」

と、銀次が言った。

「権蔵の子分たちだな」

向井が、「中沢という牢人が、木島を斬ったようだ」と言い添えた。

「いずれにしろ、権蔵の賭場は山下にあり、主だった子分たちは山下に集まっているとみていいな」

銀次が言うと、そばにいた松吉と与三郎がうなずいた。

そのとき、銀次は松吉の左袖が裂け、かすかに血の色があるのを目にした。

「松吉、やられたのか」

銀次が訊くと、向井と与三郎も松吉のそばに来た。

「かすり傷でさァ」

松吉が照れたような顔で、匕首で袖を裂かれたことを話した。たいした傷ではないが、まだ出血している。

銀次たちは四人は、そのまま嘉乃屋に集まった。まだ、夕餉《ゆうげ》には早かったが、松吉の傷の手当てもあり、向井と与三郎も立ち寄ったのである。

「まァ、その傷、どうしたんですか」

おきみが、松吉の傷を見て驚いたような顔をした。

「かすり傷でさァ」

松吉が照れたような顔をして言った。

「念のため、手当てをしておこう」

向井が言った。

銀次とおきみは、小桶《こおけ》に水を汲み、晒《さらし》を持ってきた。深い傷ではなかったので、手当てといっても簡単だった。傷口を水で洗い、晒を巻くだけである。

松吉の手当てが済むと、

「おきみ、飯はあるか」

銀次が訊いた。

「ありますよ。……すぐ仕度しましょう」

おきみが言うと、

「あっしも、手伝いやす」

与三郎が、おきみと共に板場にむかった。

いっときして、与三郎とおきみがめしと菜を運んできた。銀次たちは無言で箸を動かした。腹が減っていたこともあって、残り物だったが旨かった。

男たちが食べ終えると、銀次も手伝い、食器類を片付けた。そして、おきみが淹《い》れてくれた茶を飲みながら、明日からどうするか相談することにした。

「迂闊《うかつ》に、探れないぞ」

向井が切り出した。

「三島屋の離れが、賭場のような気がしやす」

銀次が言った。

「おれも、そうみたが、はっきりしない。それに、肝心の赤鬼の権蔵の居所が分からないからな」

「三島屋を、もうすこし探ってみやすか」

銀次が言うと、

「三島屋を見張り、出入りしている子分らしい男をひとりつかまえて、話を訊いてみたらどうです」

と、与三郎が言い添えた。

「それがいい」

向井が、その場にいた男たちに目をやって言った。

四

翌朝、銀次、向井、松吉、与三郎の四人は、嘉乃屋を出て山下にむかった。三島屋に出入りする子分らしい男をひとり捕らえるためである。

山下は相変わらず賑《にぎ》わっていた。遊山客や寛永寺の参詣客のなかに、旅人や駄馬を引く馬子《まご》たちの姿もあった。

銀次たちは、三島屋からすこし離れた場所で足をとめた。離れに出入りする者に、見られないためである。

三島屋の店先に、暖簾《のれん》が出ていた。店はあいているようだ。

「店の脇に、裏手にまわる細い道があるな」

銀次が、三島屋の脇を指差して言った。松吉と与三郎に、離れに行く小径を教えておくためである。

「あの道の先に、離れがある。離れと行き来するには、店の脇の道を使うはずだ」

　銀次が言い添えた。

「離れはどうなっているかな」

　向井が口を挟んだ。

「あっしが、見てきやしょう」

　銀次は、ひとりで行くつもりだった。どこに、権蔵の子分たちの目がひかっているか分からない。四人もで行くと、隠れる場もないし、子分たちに気付かれる恐れがあった。

「無理をするな」

　向井が声をかけた。

「覗《のぞ》いてくるだけでさァ」

　そう言い残し、銀次は三島屋に足をむけた。

　銀次は三島屋の脇まで行くと、左右に目をやり、店の者や子分たちの目がないのを確かめてから、裏手にまわる小径に踏み込んだ。そして、離れの近くのつつじの植え込みの陰に身を隠した。

……だれかいる！

離れから、男の話し声が聞こえた。そのやり取りからみて、ふたりとも権蔵の子分らしかった。ふたりは、山下の水茶屋の女たちのことを話している。

銀次はいっとき離れから聞こえてくる男のやり取りに耳をかたむけていたが、卑猥《ひわい》な話がつづいているので、その場を離れた。

銀次は向井たちのいる場所にもどると、離れから聞こえてきたふたりの男のことを話した。

「そのふたりが権蔵の子分なら、捕らえて話を訊けばいい」

向井が言った。

「踏み込んで捕らえやすか」

松吉が意気込んで言った。

「いや、それはまずい。踏み込んで捕らえたら、子分が捕らえられたことはすぐに知れる。……権蔵も子分たちも、あの賭場に姿を見せなくなるぞ」

向井が言った。

「離れから、出てくるのを待ちやすか」

与三郎が訊いた。

「それがいい」

銀次が言うと、向井もうなずいた。

銀次たち四人は、三島屋の斜向かいにあった水茶屋の脇に身を隠し、三島屋の脇の小径から、男が出てくるのを待った。

それから、小半刻（三十分）ほど経ったろうか。三島屋の脇の小径から、遊び人ふうの男がひとり姿を見せた。

「出てきたぞ」

銀次が言った。

「摑まえてやる」

言いざま、松吉が飛び出そうとした。

「待て！」

銀次が、松吉の肩先をつかんでとめた。

「店から離れてからだ。あいつが捕らえられたことを、権蔵の子分や三島屋の者に知れないようにやるんだ」

「へい」

松吉は首をすくめた。

遊び人ふうの男は、人の行き交う場所まで出てくると、寛永寺の支院の並ぶ方へ足をむけた。

「尾《つ》けるぞ」

銀次が言い、男の跡を尾け始めた。すこし、間をとって向井、松吉、与三郎の三人がつづいた。

その辺りは人通りが多かったので、銀次たちは男との間をつめた。前を行く男が右手の通りに入ったところで、銀次たちは間を大きくとった。人通りがすくなくなり、気付かれる恐れがあったのだ。その通りは浅草寺につづいており、途中木島と弥三郎が殺された場所も通る。

男が車坂町を通り過ぎたとき、

「この辺りで、押さえよう」

銀次が言った。

「あっしと松吉とで、やつの前へ出やす」

与三郎が言い残し、松吉とふたりで右手の道に飛び込んだ。そこは武家地で、道沿いに武家屋敷がつづいていた。

銀次と向井がしばらく尾けると、遊び人ふうの男の前方に与三郎と松吉の姿が見えた。武家地のなかの路地をたどって、遊び人ふうの男の前に出たらしい。

「向井の旦那、つめやすぜ」

銀次が声をかけ、足を速めた。向井は、遅れずについてくる。

銀次たちが男との間を狭めると、男は足音に気付いたらしく、振り返った。そして、左右に目をやったが、逃げ込めるような道がなかったらしく小走りになった。

だが、男の足はすぐにとまった。前方から近付いてくる与三郎と松吉の姿を目にしたようだ。男は与三郎たちのことを知らないはずだが、松吉が十手を手にしているのを目にとめたようだ。

男は周囲に目をやったが、逃げ込めるような場所はなかった。それでも、通り沿いにあった武家屋敷の築地塀の脇へ逃げ込もうとした。そこへ、銀次と向井が走り寄り、男を取り押さえた。

五

銀次たちは、捕らえた男を向井道場に連れ込んで話を訊くことにした。下谷の武家地をたどれば、賑やかな山下や下谷広小路を通らずに向井道場まで行くことができる。

銀次たちは人通りの少ない武家地の小径をたどり、向井道場にむかった。日中だったので、途中供連れの武士や中間などと出会ったが、騒ぎ立てる者はいなかった。十手を手にした松吉が先にたって歩いたので、町方が罪人を捕らえて連行していくと思ったらしい。陽が西の空にまわったころ、銀次たちは捕らえた男を向井道場に連れ込んだ。道場で監禁していた房造は、すでに同心の島崎に引き渡してあったので、道場内にはだれもいなかった。

このところ、門弟たちの稽古も行われていないようだ。もっとも、門弟たちはわずかで、道場主の向井がいないときは、勝手に道場を使って稽古をしてよいことになっていたので、稽古に来ている門弟がいるかもしれない。

「ここに、座れ」

そう言って、向井が道場のなかほどに男を座らせた。

「ここでな、房造という男から話を訊いたことがあるのだ」

向井が言った。

男は驚いたような顔をして向井を見たが、何も言わなかった。青ざめた顔で、体を顫《ふる》わせている。

「房造は、すぐに口をひらかなかったが、そのうち隠さずに話すようになった。おまえも、そうなる」

向井はそう言った後、銀次に目をやり、

「訊いてくれ」

と、声をかけた。

銀次はすぐに男の前にたち、

「名は」

と、男を見すえて訊いた。

男は口を結んだままだったが、銀次が、「権蔵の子分ということで、町方に引き渡せばすむことだ」と口にすると、

「松次郎《まつじろう》でさァ」

すぐに、名乗った。名を隠す必要はないと思ったのかもしれない。

「松次郎、料理屋の三島屋の裏手に離れがあるな」

銀次が切り出した。

「ありやす」

松次郎は、隠さなかった。もっとも、離れがあることを銀次が口にしたので、すでに知られているとみたのだろう。

「賭場は、離れにあるのだな」

「……………」

松次郎は、口をつぐんだ。視線が揺れている。賭場だと認めていいかどうか迷っているらしい。

「賭場だな」

銀次が語気を強くして訊いた。

「そうで」

松次郎が首をすくめてうなずいた。

「貸元はだれだ」

「し、知らねえ」

松次郎が声をつまらせて言った。

「賭場の番をしているおまえが、貸元の名を知らないのか」

銀次がそう言うと、松次郎は、

「権蔵親分でさァ」

と、首をすくめて言った。

「権蔵は、離れにいるのか」

「いねえ。近頃、親分は三島屋にも姿を見せねえんでさァ」

「賭場は、ひらかないのか」

「ここ一年ほど、ひらいてねえんで」

「なぜ、ひらかないのだ」

「阿部川町の賭場が、町方に目をつけられたと知って、用心してるんでさァ。それに、別のところで、ひらくような話を耳にしやしたぜ」

松次郎は、よく話すようになった。博奕をやっている場で、押さえられたのではないので、町方に捕らえられるようなことはないとみているのかもしれない。

「どこにひらくのだ」

銀次が、身を乗り出して訊いた。

「知らねえ。あっしのような三下《さんした》の耳には入ってきやせん」

「うむ……」

銀次はいっとき間を置いた後、

「いま、権蔵はどこにいるのだ」

と、語気を強くして訊いた。

「し、知らねえ」

松次郎が声を詰まらせた。

「子分のおめえが、親分の居所を知らないのか」

「親分は、子分のあっしらにも居所を教えねえんだ。子分の口から洩《も》れねえように、用心してるんでさァ」

「親分に知らせることがあったら、どうするんだ。後で、何で知らせなかったと、怒られるんじゃァねえのか」

「三島屋に出入りしている守造《もりぞう》兄いに知らせやす」

「守造という男が、繋《つな》ぎ役か」

「そうでさァ」

「守造か」

銀次は、守造を捕らえて口を割らせれば、親分の権蔵のことも賭場のことも知れるのではないかと思った。

それから銀次は、松次郎に守造の人相と歳《とし》を訊いた。顔を見ただけで、守造と分かれば捕らえやすい。

松次郎によると、守造は二十七、八で、長身瘦軀《そうく》。浅黒い顔で、目がギョロリとしているという。

「それだけ分かれば、見ただけで分かるな」

銀次が松次郎の前から身を引くと、

「権蔵の用心棒をしている中沢という武士を知っているな」

向井が、松次郎を見据えて訊いた。

「へ、へい」

「いま、中沢はどこにいるのだ」

「親分といっしょにいるはずでさァ」

「そうか。……島次郎という男は」

さらに、向井が訊いた。

「島次郎兄いも、親分といっしょにいることが多いようですがね。三島屋に顔を出すときもありやす」

「三島屋だがな。権蔵と、どんなかかわりがあるのだ」

「女将さんが、若いころ、親分の情婦《いろ》だったんでさァ」

松次郎が、いまは別の若え情婦《いろ》がいやす、と口許に薄笑いを浮かべて言った。

「そういうことか」

向井は松次郎の前から身を引いた。

銀次が、与三郎と松吉に「何か訊いてくれ」と声をかけると、ふたりとも訊くことはないと言ったので、松次郎に対する訊問は終わった。

「あっしは、どうなるんで」

松次郎が銀次たちに目をやって訊いた。

「しばらく、おれが預かる」

向井は、松次郎を前に捕らえた房造と同じように道場の奥にある座敷に閉じ込めておき、頃合を見て島崎に引き渡すつもりだろう。

六

向井は松次郎を道場の奥にある座敷に連れていった後、銀次たちのいる場所にもどり、

「さて、どうする」

と、銀次たちに目をやって訊いた。

「権蔵の居所を突き止めたい」

銀次が言った。

「守造という男なら知ってるはずですぜ」

与三郎が、身を乗り出すようにして言った。

「先に、守造を押さえよう」

銀次も、守造を押さえるのが先だと思っていたのだ。

「いつ、守造を押さえにいく」

向井が訊いた。

「早い方がいい。明日、行きやしょう」

「承知した。明日の朝、また嘉乃屋に顔を出す」

「待ってます」

それで、銀次たちの話は終わった。

銀次は、松吉と与三郎を連れて嘉乃屋にむかった。さすがに、向井もいっしょに嘉乃屋に行くとは言わなかった。夕飯のためにだけ行くのは、気が引けるのだろう。

銀次たちが嘉乃屋に着くと、すぐにおきみが顔を出した。何かあったのか、おきみは不安そうな顔をしていた。

「どうした、おきみ」

すぐに、銀次が訊いた。

「い、一刻《いっとき》（二時間）ほど前、男が三人、いきなり店に入ってきて……」

おきみが、声を震わせて言った。

「その三人、おきみに何かしたのか」

三人は、権蔵の子分たちだろうと思った。不忍池の端で襲った者たちなら、付近で聞き込み、銀次が嘉乃屋で寝起きしていることを知っても不思議はない。

「おまえさんに言っておけ、と言われたの。手を引かなければ、あたしを攫《さら》っていくって……」

「なに、おきみを攫うだと」

銀次は、あいつらなら、やりかねない、と思った。

松吉と与三郎も、おきみの話を聞いて言葉を失っていた。いっとき、店のなかは重苦しい沈黙に包まれていたが、

「お、おれが、このまま手を引けば、やつらの思う壺だ」

銀次が、顔に苦悩の色を浮かべて言った。

次に口をひらく者がなく、店のなかは重苦しい沈黙につつまれていたが、

「おまえさんたちが、いないときは、店をしめておきます」

と、おきみが言った。

「それがいい。……なに、そう手間はかからねえ。近いうちに、権蔵たちをお縄にしてやる」

銀次が、虚空《こくう》を睨《にら》むように見すえて言った。


翌朝、向井が嘉乃屋に顔を出すと、銀次がおきみから聞いたことを向井に話した。松吉と与三郎もそばで聞いている。

「おれが、この店にいてもいいが、毎日というわけにはいかないな」

向井が顔を厳しくして言った。

「一日も早く、権蔵たちを押さえやす。権蔵さえ、お縄にすれば、やつらもこの店に手を出せねえはずだ」

「よし、ともかく山下へ出かけよう」

向井が言うと、

「向井さま、朝餉《あさげ》は」

おきみが訊いた。

「そ、それが、まだなんだ」

向井が銀次に目をやり、「銀次たちは」と小声で訊いた。

「あっしらは、済ませやした」

「おれは、山下で稲荷寿司でも食おう」

向井が、照れたような顔をして言った。

「向井さま、御飯がありますから、おにぎりにします」

おきみはそう言い残し、慌てて板場に入った。

いっときすると、おきみが大皿におにぎりを三つ載せて持ってきた。薄く切ったたくわんが、何切れか添えてある。

「済まんな」

向井は、すぐにおにぎりを頰張り始めた。

銀次たち四人は、向井が食べ終わるのを待って嘉乃屋を出た。向かった先は、山下である。銀次たちは山下に入ると、まず、三島屋の前まで行ってみた。三島屋はいつもと変わらず、店をあけていた。

「どうしやす」

松吉が銀次に訊いた。

「守造が、姿をあらわすまで待つしかないな」

「長丁場になる。手分けするか」

向井が、「まず、おれと松吉とで、離れを覗いてくる」そう言って、松吉を連れてその場を離れた。

銀次と与三郎はふたりになると、三島屋からすこし離れ、水茶屋の脇へ行って、そこから三島屋の店先に目をやった。三島屋に出入りする者の目を引かないように、店から離れたのである。

ふたりがその場に立って、半刻（一時間）ほど経ったが、守造らしい男は姿を見せなかった。

「親分、向井の旦那たちが、もどって来やした」

与三郎が言った。

見ると、三島屋の脇から向井と松吉が姿をあらわし、銀次たちのいる方へ足早に歩いてくる。

銀次は向井たちがそばに来るのを待ち、

「賭場はひらいてやしたか」

と、訊いてみた。

「いや、しまっていた。若い衆らしい男がふたりいただけだ」

向井が言った。

「松次郎が言ったとおり、賭場はひらいてないらしい」

「どこか、別の場所を使っているのかもしれんぞ」

「あっしも、そんな気がしやす」

「いずれにしろ、守造を押さえて話を聞けば、はっきりするだろう」

そう言って、向井はあらためて三島屋に目をやった。

いつもと変わりない。店から客が出入りするだけで、守造と思われる者は姿を見せなかった。

七

「やつかも、しれねえ」

与三郎が身を乗り出すようにして言った。

男がひとり、三島屋の店先に近付いていく。遊び人ふうの男である。

「守造か！」

銀次も、守造ではないかと思った。男の歳は、二十七、八に見えた。長身で、浅黒い顔をしている。

「守造だ。間違いない」

守造と思われる男は、慣れた様子で三島屋の暖簾を分けて店に入った。

向井が言った。

「どうしやす」

松吉が訊いた。

「やつが出て来るのを待つしかないな」

銀次は、守造が三島屋から出てきたら跡を尾け、店から離れた場所で捕らえようと思った。

それから小半刻（三十分）ほど経ったろうか。三島屋の店先に目をやっていた与三郎が、

「出てきた！」

と、声を上げた。

見ると、守造が三島屋から出てきた。女将らしい女が、店先までいっしょに出てきたが、守造が店先から離れると、すぐに踵を返して店にもどってしまった。松次郎が話していたとおり女将は大年増《おおどしま》だった。

守造は、下谷広小路の方へ足をむけた。

「尾けるぞ」

銀次が言い、水茶屋の脇から人通りの多い場所へ出た。

銀次たちは、守造との間をつめて跡を尾けていく。人通りが多いので、間をあけると姿を見失うのだ。

銀次たちが、守造の跡を尾け始めて一町ほど歩いたろうか。銀次たちの後ろか

ら、ふたりの男が歩いてきた。ひとりは遊び人ふうで、もうひとりは黒の腰切半《こしきりばん》纏《てん》に黒の股引《ももひき》姿だった。大工か屋根葺《ふ》きといった格好である。

ふたりは、いっとき銀次たちの跡を尾けていたが、

「やつら、守造兄いを尾けているようだぜ」

遊び人ふうの男が言った。

「兄いをどうする気だ」

「人通りが、すくなくなったところでつかまえる気ではないかな」

「どうする？」

「おめえ、島次郎兄いに知らせろ。嘉乃屋に出入りしている連中が、守造兄いの跡を尾けてると話すんだ」

「すぐ、知らせる」

屋根葺きらしい格好の男が、踵を返して走りだした。

もうひとり、遊び人ふうの男は銀次たちの跡を尾けていく。

銀次たちは、守造の跡を尾けていた。守造は、賑やかな山下を西にむかってい

「後ろから、何人もきやすぜ！」

と、昂《たかぶ》った声で言った。

銀次が振り返って見ると、五、六人の男が足早に近付いてくる。遊び人ふうの男が多かったが、腰切半纏に股引姿の職人ふうの男もいた。

「銀次、前にもいるぞ」

向井が言った。

見ると、半町ほど先の路傍に男が四人立っていた。遊び人ふうの男と職人ふうの男である。

「権蔵の子分たちか！」

銀次が言った。

「どうやら、おれたちを挟み撃ちにする気らしい」

向井の顔が厳しくなった。

「おれたちを目にして、山下から尾けてきたのだな」

「銀次、守造を手放して逃げるか」

「逃げられねえ」

銀次は、前後から足早に迫ってくる男たちに目をやって言った。

「そこにある板塀を背にしろ！」

向井が銀次たちに声をかけた。

通り沿いに、板塀で囲われた仕舞屋があった。銀次たちは守造を連れ、板塀まで走った。そして、板塀を背にして立った。前後から攻められるのを避けるためである。

そこへ、左右から男たちが、ばらばらと走り寄った。

向井は腰の刀に手をかけ、銀次はまろほしを握って身構えた。松吉と与三郎は、十手を手にしている。

守造は銀次の脇にいた。縛った縄を握ったまま戦うわけにはいかないので、逃げられるかもしれない。

「てめえたちは、権蔵の子分だな」

銀次が、前に立った大柄な男を見つめて言った。男は匕首を手にしている。

「だとしたらどうする」

大柄な男が嘯《うそぶ》くように言った。

「お縄にしてやる」

銀次は、まろほしの槍穂を男にむけた。

「てめえこそ、命はねえぜ」

男は握った匕首を顎《あご》の下に構え、ジリジリと銀次に迫ってきた。

銀次は、まろほしを構えたまま男が仕掛けてくるのを待っていた。自分から踏み込んでいくと、左手にいる別の男の匕首の攻撃を受けるかもしれない。

大柄な男は、二間ほどの間合に迫ると、

「殺してやる！」

叫びざま、匕首を顎の下に構えて踏み込んできた。そして、男は銀次に迫ると、匕首を突き出した。

咄嗟に、銀次は一歩身を引きざま手にしたまろほしを横に払った。一瞬の動きである。甲高い金属音がひびき、匕首が弾かれ、男は勢い余って横に泳いだ。

銀次が男に迫ってまろほしを突き出せば、槍穂で仕留められたかもしれない。だが、銀次は動かなかった。いや、動けなかったのである。左手にいる男が、匕首を手にして迫ってきたからだ。

銀次は素早く身を引き、匕首を構えなおした。

そのとき、ギャッ！　という悲鳴が聞こえ、男がひとりよろめいた。向井の斬撃を浴びたらしい。

男の胸から腹にかけて小袖が裂け、あらわになった肌が血に染まっている。男は恐怖に顔をひき攣《つ》らせ、さらに向井から逃げた。

「次は、だれだ！」

向井が声高に叫んで、切っ先を別の男にむけた。

切っ先をむけられた男は、顔を恐怖にひき攣らせて後じさった。向井のそばにいた他の男も、身を引いた。向井に恐れをなしたようだ。

銀次に匕首をむけていた大柄な男が、

「早く始末しちまえ！」

と、仲間たちに声をかけた。

すると、大柄な男の背後にいたふたりの男が、縄をかけられて路傍に蹲《うずくま》っていた守造に近寄った。

ひとりが、「成仏《じょうぶつ》しな」と声をかけ、手にした匕首を突き出した。匕首は、守造の胸に突き刺さった。

守造は驚愕《きょうがく》して目を剝き、「て、てめえたちは、おれを……」と言いかけたが、後がつづかなかった。苦しげに身を捩《よじ》っている。

守造を匕首で突き刺した男は、「おれを恨《うら》むなよ。親分の指図だ」と言いざま、反転した。そして、「守造を、片付けやしたぜ」と仲間たちに声をかけると、もうひとりの男といっしょにその場から走りだした。

これを見た大柄な男が、

「逃げろ！　始末がついた」

と、大声で言い、後ずさって銀次から間を取ると反転して走りだした。これを見た他の男たちも、それぞれの相手から身を引き、大柄な男の後を追って走りだした。逃げたのである。

銀次たちは呆気《あっけ》にとられて逃げる男に目をやっていたが、すぐに仲間に刺された守造のそばに走り寄った。

守造は、まだ息をしていた。苦しげに、顔をしかめている。

銀次は守造を抱き起こし、

「しっかりしろ。……やつら、おまえを助けにきたのではない。殺しに来たのだぞ」

と、守造を見すえて言った。

「ち、ちくしょう！」

守造が吐《は》き捨てるように言った。顔が青ざめ、体が顫《ふる》えている。

銀次は守造の命は長くないとみて、

「親分の権蔵の隠れ家は、どこだ」

と、核心から訊いた。

「み、三島屋でさァ」

「三島屋に、いないときは」

権蔵は三島屋にも、裏手の離れにもいないときが多いのではないか、と銀次はみていた。

「……や、山下のはずれにある、き、清川屋《きよかわや》……」

守造が苦しげに顔をしかめて言った。

「料理屋か」

「そ、そうで……」

ふいに、守造は喉のつまったような呻《うめ》き声を上げ、顎を突き出すように上半身を反らせた。次の瞬間、守造の体から力が抜け、上半身ががっくりと前に傾《かし》いだ。

咄嗟《とっさ》に、銀次は守造の体を抱き抱え、

「死んだ……」

と、つぶやくような声で言った。

第四章　反撃

一

「清川屋を探ってみやしょう」

銀次が言った。

守造が仲間たちに殺された翌日だった。嘉乃屋に、銀次、向井、松吉、与三郎の四人が集まっていた。

「清川屋の近くに、賭場《とば》があるかもしれんぞ」

向井が言った。

「あっしも、そんな気がしやす」

銀次は、親分の権蔵も清川屋に身をひそめているのではないかとみた。

「ともかく、清川屋にあたってみよう」

向井が言った。

すぐに、その場にいた銀次、松吉、与三郎の三人が立ち上がった。

銀次たち四人が嘉乃屋から出ようとすると、おきみが慌《あわ》てた様子で店先に出て来て、

「気をつけてくださいね」

と、心配そうな顔で言って、四人を送りだした。

銀次たちは、賑やかな下谷広小路を経て山下に入った。相かわらず、山下は大勢の人が行き交っていた。

銀次たちは三島屋の近くまで来ると、水茶屋の脇に足をとめた。清川屋を探る前に、三島屋の様子を見たのである。

「三島屋は、変わりないようだ」

向井が言った。

「ともかく、清川屋を探ってみやしょう」

銀次は、三島屋に権蔵はいないとみた。

「清川屋はどこにあるか、あっしが訊いてきやす」

そう言って、松吉が銀次たちから離れ、水茶屋の前で男の袖《そで》を引いていた女に近寄って、何やら話していたが、すぐにもどってきた。

「知れやしたぜ。清川屋は、二町ほど先にあるそうでさァ。店の入口の脇に、つつじの植え込みがありやしてね。それを、目印にすればいいと言ってやした」

「行ってみよう」

銀次たちは、すぐにその場を離れた。

二町ほど歩くと、通り沿いに二階建ての料理屋があった。近所の店の者に訊くと、清川屋とのことだった。

思ったより、間口の狭い料理屋だった。ただ、店の奥行はひろく、部屋数は少なくないようだ。

「清川屋に、権蔵がいるか探らねばならない。それに、賭場だ。清川屋か、それとも店の近くか。それとなく、訊いてくれ」

銀次が、言った。

「手分けして聞き込むか」

向井が言い添えた。

「清川屋の者や権蔵の子分たちに知れないようにな」

銀次が、松吉と与三郎に目をやって言った。

銀次たち四人は、半刻（一時間）ほどしたら、この場にもどることにして分かれた。別々になって、清川屋と権蔵、それに賭場のことを探ることにしたのだ。

ひとりになった銀次は、まず清川屋のことを訊いてみようと思い、店の近くに屋台を出して団子を売っていた親爺に、

「ちょいと、訊きてえことがあるんだ」

と、声をかけた。

「なんです」

親爺が、小声で言った。

「そこに、清川屋ってえ料理屋があるな」

銀次が指差して言った。

「ありやす」

「でけえ声じゃァ言えねえんだ」

銀次は急に声をひそめて言い、親爺に身を寄せた。

「何が、訊きてえんです」

親爺も、声をひそめた。

銀次は、壺を振る真似をし、

「この辺りに、賭場があると聞いてきたんだがな。どこにあるか、分からねえんだ」

と小声で言った。

「権蔵親分の賭場ですかい」

親爺が、権蔵の名を出した。どうやら、親爺は、権蔵がひらいている賭場のことも知っているらしい。もっとも、賭場の近くに長年屋台を出していれば、噂が耳に入っても不思議はない。

「そうだ」

「清川屋の裏手でさァ」

親爺が、目をひからせて言った。親爺も博奕好きで、権蔵の賭場で遊んだことがあるのかもしれない。

「今も、ひらいているのか」

「それが、旦那。噂ですがね、ここ十日ほど、賭場をしめてるそうでさァ」

「しめているのか」

銀次は、がっかりしたように肩を落として見せた。

「町方に目をつけられたという噂がありやしてね。しばらく、おとなしくしているようですぜ」

「せっかく来たのに、賭場はひらいてねえのかい」

銀次は渋い顔をして見せた後、

「それで、親分の権蔵はどこにいるんだい」

と、声をあらためて訊いた。

「分からねえ。……清川屋の女将は、権蔵親分の情婦《いろ》らしいんで、店の奥の座敷にでもいるんじゃァねえかな」

そう言って、親爺は口許に薄笑いを浮かべた。

「女将の名を知ってるかい」

銀次が訊いた。

「おせんさんでさァ。色っぽい年増《としま》ですぜ」

親爺が薄笑いを浮かべて言った。

「邪魔したな」

銀次は、これ以上親爺から話を訊いても新たなことは出てこないとみて、団子売りの屋台から離れた。

二

銀次が松吉たちと分かれた場にもどると、向井の姿はあったが、松吉と与三郎はまだもどってなかった。銀次があらためて清川屋の方に目をやると、松吉と与三郎の姿が見えた。ふたりは慌てた様子で、もどってくる。

銀次は松吉たちがもどるのを待って、

「おれから話す」

と言って、団子売りの親爺から聞いたことを一通り話し、

「清川屋の裏手が賭場になっているようだが、このところひらいてないそうだ」

と、言い添えた。

「あっしらも、賭場のことを聞きやした」

松吉が言った。

「話してくれ」

「清川屋の店の裏手が賭場になってやしてね。賭場に遊びにきたやつらは、清川屋の客を装って店に入り、賭場で遊ぶそうでさァ」

松吉が言うと、

「清川屋の客は、賭場に遊びにきたやつが、多いそうですぜ」

与三郎が言い添えた。

「清川屋が、大きな賭場のようなものだな。……それで、権蔵は清川屋にいるのか」

銀次が声をあらためて訊いた。

「それが、はっきりしねえんでさァ。あっしらが訊いた近所の者は、ちかごろ権

蔵の姿を見てねえと言ってやした」

与三郎が言った。

「おれは、権蔵が二本差しを連れて歩いているのを見たという話を耳にしたがな」

脇から、向井が口を挟んだ。

「その二本差しは、中沢ですかい」

銀次が訊いた。

「おれは、そうみている」

向井が声高に言った。

次に口をひらく者がなく、その場が静まったとき、

「権蔵は中沢や島次郎など、主だった子分を連れて清川屋を出たのかもしれねえ」

と、銀次が言った。

「そうかもしれん。権蔵は、おれたちが守造から話を聞いたことを知って、清川屋から姿を消したのではないか」

向井が言うと、その場にいた銀次たち三人がうなずいた。

いっとき、銀次たち四人は黙したまま立っていたが、

「何とか、権蔵の居所をつかみたいな」

と、銀次が言った。

「手はありやすぜ」

そう言って、与三郎が身を乗り出した。

「手とは」

銀次が訊いた。

「まだ、清川屋には、権蔵の子分が残っていやす。女将や賭場の壺振りもいるかもしれねえ。そいつらは、権蔵の居所を知っているはずでさァ」

与三郎が、銀次たちに目をやって言った。

「そいつらをつかまえて、口を割らせるのか」

銀次が身を乗り出して訊いた。

「その前に、跡を尾けやす。行き先が親分のところなら、居所が分かりやす。そうでなかったら、捕らえて居所を吐かせるんでさァ」

「いい手だ」

銀次が言うと、向井と松吉がうなずいた。

銀次たち四人は水茶屋の脇の目立たないところに立って、清川屋に目をやった。

その場所は清川屋から離れていたが、清川屋を出入りする者の姿は見えた。

銀次たちが、清川屋を見張り始めてから半刻（一時間）ほど経《た》ったろうか。清川屋から、遊び人ふうの男がひとり出てきた。

「出てきたぞ」

銀次が言った。

「おれと、与三郎で跡を尾けよう。四人もで行くと、目につくからな」

向井がそう言って、与三郎とふたりでその場を離れた。

後に残った銀次と松吉は、水茶屋の脇から清川屋に目をやっていた。向井たちがその場から離れて、小半刻（三十分）も経ったろうか。

「親分、出てきた！」

松吉が昂《たかぶ》った声で言った。

遊び人ふうの男がふたり、清川屋から出てきた。ふたりは何やら話しながら、
寛永寺の門前の方へ歩いていく。

「尾けるぞ」

銀次が言って、松吉とふたりで、遊び人ふうのふたりの男を跡を尾《つ》け始めた。

尾行は楽だった。人通りが多かったので、前を行くふたりが振り返っても、銀次たちの姿が目にとまることはなかった。

前を行くふたりは何やら話しながら歩き、山下から寛永寺の門前を経て下谷広小路に入った。広小路は、山下以上に賑わっていた。

銀次たちは、さらに前を行くふたりとの間をつめた。離れると、人込みに紛れて、見失う恐れがあったのだ。

「やつら、どこまで行く気ですかね」

松吉が、銀次に身を寄せて言った。

「分からねえ。そのうち、どこかへ立ち寄るだろう」

銀次は、ふたりの行き先をつきとめたかった。

前を行くふたりは、上野北大門町まで来て、右手に折れた。そして、そば屋らしい店の脇の路地に入った。

銀次と松吉は走った。遊び人ふうのふたりの姿が、見えなくなったからだ。

「あそこに、いやす」

松吉が指差した。

三

そば屋の脇の路地に、跡を尾けてきたふたりの後ろ姿が見えた。ふたりは、何やら話しながら歩いていく。振り返って、背後を見るようなことはなかった。尾行されているとは、思っていないようだ。

路地をいっとき歩くと、店はまばらになり、長屋や仕舞屋《しもたや》なども目につくようになった。行き交う人は町人がほとんどで、武士はあまりいなかった。

前を行くふたりが、足をとめた。板塀をめぐらせた仕舞屋の前である。その辺りでは目を引く大きな家で、庭もあった。庭には、松や紅葉《もみじ》などの庭木が植えてあった。富商の隠居所か、金持ちの妾宅《しょうたく》といった感じである。

ふたりの男は吹抜門《ふきぬけもん》の扉をあけ、家の戸口に足をむけた。

銀次と松吉は通行人を装って、仕舞屋に近付いた。そして、板塀の近くまで来ると、塀に身を寄せ、路地から見えない場所まで塀沿いを歩いた。

銀次と松吉は、板塀に身を寄せて聞き耳を立てた。家のなかから男の話し声と、床板の上を歩くような足音が聞こえた。男が何人かいるようだ。

耳を立てると、会話のなかに「親分」とか「賭場は、いつひらくのだ」などという声が聞こえた。

松吉が銀次に身を寄せ、

「ここは、賭場のようですぜ」

と、声を殺して言った。

「そうらしいな」

銀次も賭場だと思った。おそらく、権蔵の賭場であろう。山下の賭場は、町方に目をつけられたとみて、この家に賭場を移したにちがいない。

「権蔵は、ここに身を隠しているのかも知れねえ」

松吉が言った。

「様子を訊いてみたいな」

銀次は、この賭場を見張り、出てきた子分をつかまえて話を訊く手もあると思った。ただ、これまでのように子分をつかまえて話を訊くと、権蔵は賭場のある場所が町方に知れたとみて、姿を消すだろう。

「それとなく、近所で訊いてみるか」

銀次が小声で言った。

ふたりは、足音を忍ばせて板塀のそばから路地にもどった。そして、しばらく路地を歩くと、古着屋が目にとまった。

「おれが、古着屋で訊いてみる」

銀次は松吉をその場に残し、ひとりで古着屋に入った。ふたりだと、古着屋の親爺が警戒して話さなくなるとみたのだ。

店番をしていたのは、初老の男だった。

「ちょいと、すまねえ」

銀次が初老の男に声をかけた。

「古着ですかい」

男が、愛想笑いを浮かべて訊いた。

「い、いや、ちと訊きたいことがあってな」

銀次がそう言うと、途端に男の愛想笑いが消え、不機嫌そうな顔になった。客でないと分かったからだろう。

仕方なく銀次は、巾着を取り出し、銭を何枚か摘《つま》み出し、

「とっときな」

と言って、親爺の手に握らせてやった。

親爺の顔に、笑みが浮いた。そして、銭を握りしめたまま、

「何でも、訊いてくだせえ」

と、腰をかがめて言った。

「そこに、板塀をめぐらせた家があるな」

銀次が、仕舞屋の方を指差して言った。

「ありやす」

「この辺りに賭場があると聞いて、手慰《てなぐさ》みに来たのだがな。あの家が、賭場か」

銀次が声をひそめて訊いた。

「そうでさァ。まだ、賭場をひらいて間がねえんで」

親爺が小声で言った。

「親分は、だれだい」

「名は知らねえが、山下にいた親分と聞きやしたぜ」

「権蔵親分か」

銀次は素っ気なく言ったが、胸の内で、「やはり、ここが、権蔵が新しくひらいた賭場だ」と声を上げた。

「ところで、あの家はだれが住んでたんだい」

銀次が訊いた。

「三年ほど前《めえ》まで、あの家に薬屋のあるじが妾をかこっていたんでさァ。あるじが死んだ後、妾も家を出て、空き家になったんで」

親爺は、そこまで話すと一息ついた。

「それで、どうした」

銀次が、話の先をうながした。

「山下の親分が、安く買い取ったと聞きやした」

「そうか」

権蔵は、賭場にいい家だとみて、買い取ったのだろう、と銀次はみた。

「ところで、いま、親分は来ているのか」

銀次が、親爺に身を寄せて訊いた。

「来てねえようだ。親分は、滅多に賭場には姿を見せねえと聞きやしたぜ」

「権蔵親分は、あまり表に出ねえようだ。……おれも、一勝負してくるかな」

銀次はそう言い置いて、古着屋を出た。

銀次は古着屋から出ると、松吉に、

「山下にもどるぞ」

と言って、来た道を引き返した。

銀次は山下にもどる途中、古着屋の親爺から聞いた話をかいつまんで松吉に話した。

銀次と松吉が、向井たちと分かれた場所にもどると、向井と与三郎が待っていた。ふたりは、うんざりしたような顔をしていた。長い間、銀次たちが帰るのを待っていたらしい。

「済まねえ。待たせちまった」

銀次はふたりに頭を下げた後、「歩きながら、話しやしょう」と言って、下谷広小路の方へむかって歩きだした。今日のところは、このまま嘉乃屋に帰るつもりだった。向井と与三郎もついてくる。

歩きながら、銀次が、松吉とふたりで清川屋から出てきた遊び人ふうの男の跡を尾け、上野北大門町にある仕舞屋が、権蔵の新しい賭場らしいと分かったことを話してから、

「向井の旦那たちも、何か知れやしたか」

と、向井と与三郎に目をやって訊いた。

「駄目だ。……おれたちは、清川屋から出てきた男の跡を尾けたのだがな。飲屋に入って出てこないのだ」

向井が言うと、

「酒を飲みに清川屋を出ただけらしいんで」

与三郎が、うんざりした顔で言い添えた。

四

翌朝、銀次は向井が嘉乃屋に顔を出すのを待ち、松吉も連れて三人で嘉乃屋を出た。与三郎は嘉乃屋に残ることになった。今日は、上野北大門町にある賭場を探るだけなので、三人で十分だった。それに、嘉乃屋におきみ一人を残しておく不安もあった。権蔵の子分たちが、嘉乃屋に手を出すかもしれない。

おきみは、店先まで見送りに出て、

「みなさん、気をつけて」

と、銀次たち三人に声をかけた。

「おきみ、心配するな。向井の旦那もいっしょだ」

銀次が言った。おきみは、向井が道場主で、剣術の腕がたつことを知っていた。

「でも、相手が大勢だと……」

おきみの顔から、不安そうな表情は消えなかった。

「それに、今日は、遅くならずに帰る」

銀次はそう言い残し、嘉乃屋の前を離れた。

銀次たち三人は、賑やかな下谷広小路に出て南にむかった。そして、上野北大門町まで来ると、そば屋の脇の路地に入った。急に人通りがすくなくなり、広小路の喧騒《けんそう》が嘘のようである。

銀次たちは路地をたどり、前方に板塀をめぐらせた仕舞屋が見えてくると、路傍に足をとめた。

「あそこの板塀を巡らせた家が、権蔵の賭場でさァ」

銀次が指差して言った。

「賭場には、見えんな。妾でも囲っておく家のようだ」

向井が言った。

「賭場には、いい所ですぜ。賑やかな広小路には近いし、外から見ただけじゃァ、賭場かどうか分からねえ」

銀次が、「権蔵は前から、この家に目をつけていたのかもしれねえ」と小声で言い添えた。

「様子を見てくるか」

向井が言った。

「賭場にいる者に知られねえように、ばらばらに行きやしょう」

銀次は、通行人を装って家の前を通り過ぎるだけにしようと思った。いま、権蔵や子分たちが、銀次たちが賭場を探っていることを知ったら、また姿を消すだろう。それに、姿を消すだけでなく、銀次たちに何をしてくるか分からない。銀次たちだけでなく、嘉乃屋を襲ったり、向井道場に火を放ったりするかもしれない。

銀次が先にたった。銀次から間をとって、向井、松吉とつづいた。

銀次は仕舞屋の吹抜門の前まで来ると、歩調を緩《ゆる》めて聞き耳をたてた。家のなかから、かすかに男の話し声や廊下を歩くような足音が聞こえた。子分たちが、何人かいるらしい。

……賭場は、ひらいてないようだ。

と、銀次は思った。

吹抜門の門扉はしまったままだし、仕舞屋の戸口に、下足番らしい男の姿もなかった。銀次は仕舞屋の前を通り過ぎ、一町ほど歩いてから足をとめた。

銀次は後続の向井と松吉が近付くのを待ち、

「賭場は、ひらいてないようだ」

と、ふたりに言った。

「まだ、早いからな。ひらくにしても、午後かもしれんぞ」

向井が吹抜門に目をやって言った。

「そうかもしれねえ」

銀次も、賭場をひらくのは、午後だろう、と思った。

「親分、あの家に、中沢もいるようですぜ」

松吉が言った。家のなかから、「中沢の旦那」と呼ぶ声が聞こえたという。

「中沢と島次郎が、いてもおかしくない。ふたりは、用心棒だからな」

銀次が言った。

「どうする」

向井が銀次に訊いた。

「島崎の旦那に話して、賭場にいる者たちを捕らえてもらうつもりでいやすが、肝心の権蔵がいるかどうか探ってからでさァ」

銀次は、まだ権蔵の居所もつかんでなかった。賭場を襲って、何人かの子分を捕らえても、親分の権蔵に逃げられたのでは、どうにもならない。

「銀次の言うとおりだが、何か打つ手はないのか」

　向井が訊いた。

「子分たちの跡を尾けるか。それとも、ひとり捕らえて権蔵の居所を聞き出すかだが、子分たちも、権蔵の居所を知らない者が多いからな」

　銀次は首をひねった。

「そこの家には、中沢と島次郎がいるのではないか」

「いるようです」

　銀次が言った。

「どうだ、中沢か島次郎を捕らえて、口を割らせたら。ふたりは、権蔵の居所を知っているはずだ」

「ですが、旦那。中沢も島次郎も捕らえるのはむずかしいし、捕らえたことが権蔵に知れれば、また居所を変えますぜ」

「そうか。……ふたりを捕らえても、駄目か」

　向井が肩を落とした。

「旦那、手はありやす」

銀次が身を乗り出して言った。

「どんな手だ」

「中沢か島次郎が、賭場から出てきたら跡を尾けるんでさァ。ふたりの行き先は、親分の権蔵のところとみていい。……おそらく、権蔵が賭場に来るおり、ふたりは用心棒としていっしょに来るはずでさァ」

「そうか、中沢か島次郎が家から出るのを待って、跡を尾ければいいのだな」

向井が声高に言った。

「いずれにしろ、身を隠して、しばらく様子をみやしょう」

銀次がそう言い、三人は仕舞屋の近くまでもどり、路地沿いで枝葉を茂らせていた椿の樹陰に身を隠した。

五

銀次、向井、松吉の三人は椿の陰に身を隠し、仕舞屋と吹抜門に目をやっていた。中沢か島次郎が出てくるのを待っていたのである。

三人がその場に身を隠して、半刻（一時間）も経ったろうか。吹抜門の扉があき、男がふたり姿を見せた。

「出てきた！」

松吉が声を上げた。

「ちがう、中沢でも島次郎でもない」

銀次が言った。吹抜門から出てきたふたりは、顔を見たこともない遊び人ふうの男だった。

「やつらを捕らえて、話を訊きやすか」

松吉が言った。

「駄目だ。ふたりは、権蔵の居所を知らないだろうし、ふたりを捕らえれば、おれたちがここの賭場に目をつけたことを権蔵たちに知られてしまう。そうなれば、権蔵はこの賭場に姿を見せなくなるぞ」

「見逃すしかねえのか」

松吉が肩を落として言った。

吹抜門から出てきたふたりは、何やら話しながら、下谷広小路の方へむかっていく。それから、銀次たちは仕舞屋の見張りをつづけたが、出てくる者も入る者もいなかった。昼過ぎになり、三人は近くの一膳めし屋に交替で行き、空腹を満たした。

「銀次、権蔵らしき男は姿を見せんな」

向井が、生欠伸《なまあくび》を嚙み殺して言った。

「賭場をひらくような気配もないし、今日は、嘉乃屋にもどりやすか」

「そうしよう。……なに、焦《あせ》ることはない。ここが、新たな賭場らしいことが分かったのだ。近いうちに賭場はひらかれるだろうし、間違いなく権蔵も姿をあらわす」

向井が言った。

「明日、出直しやしょう」

銀次たち三人は諦《あきら》めて、椿の樹陰から路地に出た。

そのとき、仕舞屋の戸口から遊び人ふうの男がひとり出てきた。権蔵の子分ら

しい。男は椿の樹陰から出てきた銀次たち三人を目にし、

「あの三人、ここを見張っていたのかもしれねえ」

と、つぶやいた。そして、すぐに、身を屈めて塀の陰に隠れた。銀次たち三人をやり過ごそうと思ったようだ。

銀次たち三人は、板塀の陰に身を隠した男に気付かなかった。吹抜門の近くまで来ると、あらためて仕舞屋に目をやったが、何の変わりもないとみて、足をとめることもなく通り過ぎた。

板塀の陰にいた男は、銀次たち三人が遠ざかると、吹抜門の門扉を押してあけ、路地に出た。

男は路地沿いの物陰に身を隠しながら銀次たちの跡を尾けていく。

銀次たちは賑やかな下谷広小路に出ると、北にむかった。今日のところは、このまま嘉乃屋に帰るつもりだった。

銀次たちは下谷広小路をしばらく歩き、前方に不忍池から流れ出す忍川《しのぶがわ》が近付いてくると、左手の道に入った。その道は池之端仲町につづき、嘉乃屋は道沿いにある。

銀次たちは尾行者に気付かず、そのまま嘉乃屋の暖簾《のれん》をくぐった。

銀次たちを尾行してきた男は、嘉乃屋に銀次たちが入ったのを目にし、

「めしでも、食いに立ち寄ったかな」

とつぶやき、いっとき嘉乃屋の戸口に目をやっていたが、昼間から小料理屋に入ったのを不審に思った。

男は近所の住人らしい子連れの女が通りかかると、

「ちょいと、すまねえ。いま、あっしの知り合いの御用聞きが、そこの小料理屋に入《へえ》ったのだが、何かかかわりのある店かい」

そう、訊いてみた。

「そこの小料理屋は、銀次さんの家ですよ」

女が笑みを浮かべて答えた。

「お侍も、いっしょだったぜ」

「そのお侍は、向井さまですよ」

「向井というお侍は、御用聞きと何かかかわりがあるのかい」

「わたし、詳しいことは知らないけど、銀次さんの親の代から、お付き合いして

るそうですよ」

　女はそれだけ言うと、幼い女の子の手を引いてその場を離れた。

　男は路傍に立って、いっとき嘉乃屋の店先に目をやっていたが、

「島次郎兄いの耳に入れておくか」

　と、つぶやき、足早にその場を離れた。


　一方、銀次、向井、松吉、与三郎の四人は、店の小上がりに腰を下ろし、おきみが淹れてくれた茶を飲んでいた。客がいなかったので、与三郎もくわわったのである。

「権蔵の賭場は、いつひらくのかな」

　銀次が言った。銀次は、賭場がひらかれ、権蔵が姿をみせるようになったら同心の島崎に話して、権蔵たちを捕縛してもらうつもりだった。いま、町方が賭場に入っても、捕らえられるのは、何人かの子分だけである。

「近いうちに開くと思うがな。……権蔵も、いつまでも身を隠しているわけにはいくまい。子分たちもいるからな」

向井が言った。

「子分のひとりを捕らえて、権蔵の居所を聞き出すのも手ですぜ。あっしは、仕舞屋に出入りしている子分なら、権蔵の居所も知っているような気がするんでさァ」

松吉が言った。

「もうすこし様子を見よう。このまま動きがないようなら、松吉の言うとおり、仕舞屋にいる子分を捕らえて口を割らせてもいい」

「明日は、あっしも行きやすぜ」

黙って話を聞いていた与三郎が言った。

「権蔵はともかく、中沢と島次郎は姿をあらわすかもしれねえ」

銀次はふたりが姿をあらわせば、向井の手も借りて、ふたりを討つなり捕らえるなりしてもいいと思った。

六

翌朝、銀次は朝飯の後、おきみが淹《い》れてくれた茶を飲んでいた。向井と松吉が来るのを待っていたのだ。

銀次は向井たちと上野北大門町へ行き、賭場らしい仕舞屋を見張るつもりだった。仕舞屋に中沢か島次郎が姿を見せたら跡を尾けて、権蔵の居所を探り出すのである。

銀次が湯飲みの茶を飲み終えたとき、店の戸口に走り寄る足音が聞こえ、格子《こうし》戸《ど》が勢いよく開けられた。

店に飛び込んできたのは、松吉だった。

「お、親分、大変だ！」

松吉が、声をつまらせて叫んだ。

「どうした、松吉」

「こ、この店にむかって、何人も来やす！」

「だれが、来るのだ」

「賭場にいた連中のようでさァ。中沢らしい二本差しもいやすぜ」

「なに、中沢たちが来るだと！」

銀次は、中沢をはじめとする権蔵の子分たちが、嘉乃屋を襲うつもりで来ると察知した。

「ど、どうしやす」

「向井の旦那が、来るはずだ」

銀次は敵の人数にもよるが、向井が来れば応戦できるとみた。板場には、与三郎もいる。敵の遣い手は、中沢ひとりだろう。

銀次はすぐに板場に入り、おきみに奥の座敷に身を隠しているように話し、与三郎を連れてもどってきた。

そこへ、向井が駆け込んできた。

「ぎ、銀次、ならず者たちが何人も来るぞ。この店を襲う気ではないか」

向井が、喘《あえ》ぎ声を上げながら言った。走ってきたので息が切れたようだ。

「賭場にいた権蔵の子分たちらしい。向井の旦那、店の前でやつらを迎え撃ちしやしょう」

銀次がいつになく勢い込んで言った。

「よし、きゃつら、ひとり残らず討ち取ってくれる」

向井は、すばやく袴《はかま》の股立《ももだ》ちを取った。

松吉と与三郎は、十手を握りしめた。そうやっていると、戸口に走り寄る何人もの足音が聞こえた。

「外へ出るぞ！」

銀次が声をかけ、格子戸をあけた。

銀次たち四人は、嘉乃屋を背にして立った。そこへ、男たちが走り寄った。総勢、十人ほどである。

中沢と島次郎の姿もあった。

「相手は四人だ！　みんな、始末しちまえ」

島次郎が叫んだ。その声で、男たちが懐に呑《の》んでいた匕首《あいくち》を取り出したり、腰に差していた長脇差を抜いたりした。そして、銀次、松吉、与三郎の三人の前に立った。いずれも、血走ったような目をしている。

「おぬしの相手は、おれだ」

そう言って、中沢が向井の前に立った。

「中沢、今日こそ、おぬしを斬る！」

向井は中沢を見すえて言うと、腰に帯びていた刀を抜いた。

すると、中沢も抜刀し、切っ先を向井にむけた。

ふたりの間合は、およそ二間半——。真剣勝負の立ち合いの間合にしては近いが、こうした大勢のなかでの斬り合いは、間合が十分に取れないのだ。

ふたりは、青眼に構え合った。ふたりとも、剣尖《けんせん》を敵の目にむけていた。腰の据《す》わった隙《すき》のない構えである。


このとき、銀次は島次郎と対峙《たいじ》していた。もうひとり、銀次の左手に匕首を手にした男がまわり込み、匕首の切っ先を銀次にむけて身構えている。

銀次はまろほしを手にし、槍穂の先を島次郎にむけていたが、左手の男にも目を配っていた。

……下手に仕掛けられねえ。

と、銀次は思った。左手の男に、飛び掛かってくるような気配があり、隙を見せれば島次郎より先に仕掛けてくるはずだ。

島次郎は、まろほしを手にしたまま動かない銀次を見て、

「どうしたい。臆病風に、吹かれたかい」

と、揶揄《やゆ》するように言った。

「てめえこそ、手にした匕首が震えてるぜ」

銀次は言いざま、足裏を摺るようにして島次郎との間合を狭め始めた。

すると、島次郎は銀次の左手に立った男に、

「長助《ちょうすけ》、殺っちまえ！」

と、声をかけた。男の名は長助らしい。

長助は島次郎の声で、熱《いき》り立ち、「殺してやる！」と叫びざま、手にした匕首を前に突き出して踏み込んできた。

咄嗟《とっさ》に、銀次はまろほしの槍穂で長助の匕首を払った。勢い余った長助は、たたらを踏むように前に泳いだ。

銀次は島次郎が身を引いたところに、素早く踏み込み、手にしたまろほしを前

に突き出した。一瞬の動きである。

まろほしの槍穂が、逃げようとした島次郎の脇腹を突き刺した。

島次郎は、苦しげな呻き声を上げてよろめいた。銀次はさらに踏み込み、島次郎を押さえようとした。そこに、別の男が踏み込んできて、

「死ね!」

叫びざま、手にした匕首を銀次にむかって横に払った。

咄嗟に、銀次が身を引くと、男の匕首の切っ先は、銀次の胸の前をかすめて空を切った。男は慌てて身を引いた。銀次のまろほしの攻撃から逃げようとしたのだ。

向井は中沢と対峙していた。

ふたりは、相青眼に構え合ったまま動かない。このとき、与三郎と対峙していた遊び人ふうの男が、悲鳴を上げて後じさった。与三郎の手にした十手で、側頭部を殴られたらしい。

その悲鳴で、向井が動いた。

「いくぞ!」

と声をかけ、向井は足裏を摺るようにして、間合を狭め始めた。対する中沢は、動かなかった。刀を青眼に構えたまま、向井との間合と斬撃の気配を読んでいる。

ふいに、向井の寄り身がとまった。一足一刀の斬撃の間合から、あと一歩の距離である。向井は構えのくずれない中沢を見て、このまま斬撃の間境に踏み込むのは、危険だと察知したのだ。

向井は全身に斬撃の気配を見せ、イヤアッ！と、裂帛の気合を発して、半歩踏み込んだ。斬撃の気配と気合で、中沢の気を乱そうとしたのだ。

だが、中沢は向井が気合を発した一瞬の気の乱れをとらえ、鋭い気合を発して斬り込んできた。

振りかぶりざま、袈裟《けさ》へ――。

刹那《せつな》、向井が反応した。一歩、身を引いて刀身を横に払った。

ふたりの体が躍《おど》り、袈裟と横一文字に二筋の閃光《せんこう》がはしった。

ザクリ、と中沢の小袖が、腹の辺りで横に裂けた。一方、向井の小袖も肩先から胸にかけて切り裂かれた。

次の瞬間、ふたりは背後に跳び、大きく間合を取ると、ふたたび相青眼に構えあった。

「相打ちか！」

中沢が、くぐもった声で言った。

「そうかな」

向井は、相打ちではないとみた。ふたりとも小袖を切り裂かれていたが、向井には血の色がなかった。一方、中沢の横に裂けた小袖には、血の色があった。わずかであるが、向井の斬撃が深く入り、敵の皮肉を切り裂いたのだ。浅手であるが、中沢は向井の斬撃を浴びたのである。

向井と中沢は、一足一刀の斬撃の間境の外に立ったまま動かなかった。敵の気の動きを読んでいたのである。

そのとき、遊び人のひとりが、ギャッ！　と悲鳴を上げて身をのけ反らせた。銀次のまろほしの槍穂で、肩の辺りを突かれたらしい。

遊び人は銀次との間合があくと、悲鳴を上げて逃げ出した。これを見た別の遊び人が、

「逃げろ！」

と叫び、反転して逃げた男の後を追った。

中沢はすばやく後じさって、向井との間を取り、

「向井、勝負、預けた」

と、叫んで走りだした。そして、逃げる男たちの後を追った。

七

嘉乃屋の前に残ったのは、銀次、向井、松吉、与三郎の四人だった。それに、深手を負った島次郎の姿があった。

銀次たち四人は、松吉と与三郎がかすり傷を負った程度だった。

銀次は、苦しげな呻き声を上げて蹲《うずくま》っている島次郎に近付き、

……島次郎は、助からない。

と、みた。まろほしの槍穂で突かれた島次郎の脇腹からの出血が激しかった。

槍穂は、臓腑《ぞうふ》までも突き破ったらしい。島次郎の顔は青ざめ、体が顫《ふる》えている。

それでも、銀次は出血をすくなくしてやろうと思い、手拭《てぬぐ》いを折り畳むと、島次郎の脇腹にあてがい、

「島次郎、強く押さえろ」

と、声をかけた。

島次郎は、驚いたような顔をして銀次を見上げた。銀次が、自分を助けようとしているとみたようだ。

島次郎は、脇腹に当てられた手拭いを手で押さえた。その手拭いが、見る間に赤く染まっていく。

「島次郎、訊きたいことがある」

銀次が言った。

「な、なんだ」

「北大門町の賭場は、いつひらく」

「…………」

島次郎は銀次の顔を見上げただけで、何も言わなかった。

「中沢や権蔵の子分たちは、おまえを見捨てて逃げたのだぞ。いまさら、権蔵や

中沢に義理立てすることはあるまい」

　銀次はそう言った後、

「賭場は、近いうちにひらくはずだ。それで、おまえと中沢が様子を見にきたのだろう。……賭場は、いつひらく」

　と、島次郎を見すえて訊いた。

「は、半月ほど後と、聞いている」

　島次郎が、声を震わせて言った。

「半月ほど後か。……ところで、親分の権蔵は、どこに身をひそめているのだ」

　銀次が、声をあらためて訊いた。

「き、清川屋だ」

「清川屋の裏手にある賭場か」

「そ、そうじゃァねえ。店だ。……清川屋の女将は、親分の情婦《いろ》で、奥の座敷に寝泊まりしているらしい」

　島次郎が、苦しげに顔をしかめて言った。

「中沢や子分たちも、清川屋に出入りしているのだな」

「み、店の表からは入らねえ。……ふだんは裏手の賭場にいて、店の背戸から出入りしていた」

「すると、ここから逃げた中沢たちも、清川屋にもどったのだな」

「そのはずだ……」

「清川屋か」

銀次がそうつぶやいたとき、島次郎が銀次に目をむけ、

「き、清川屋に、長くはいねえ。清川屋は、町方に目をつけられているからな。……ちかいうちに、親分や子分たちは、北大門町に移ることになっている」

と、声を震わせて言った。

島次郎の脇腹にあてがった手拭いが、どっぷりと血を吸っていた。島次郎の顔が青ざめ、体の顫えも激しくなっている。

銀次は島次郎から身を引き、

「何かあったら、訊いてくだせえ」

と、向井に目をやって言った。

「中沢だがな。いつから、権蔵の用心棒になったのだ」

向井が、島次郎に訊いた。

「さ、三年ほど、前でさァ」

島次郎が喘《あえ》ぎながら話したことによると、中沢は小身の旗本の次男坊で、若いころは剣術で身をたてようと剣術道場に熱心に通ったという。ところが、二十歳《はたち》を過ぎたころになると、剣術が強くなっても旗本の次男坊では仕官もかなわぬと知り、剣術道場もやめてしまったという。

その後は、酒や女に溺《おぼ》れ、賭場にも出入りするようになったそうだ。そして、三年ほど前、中沢が権蔵の賭場で遊んでいるとき、博奕に負けたならず者が長脇差をふりまわして暴れた。

中沢はならず者を賭場の外に連れ出し、一刀のもとにならず者の片腕を斬り落として追い出したという。

これを見た権蔵は中沢に金と女を与え、自分の用心棒として身辺におくようになったそうだ。

「いまも、中沢は権蔵のそばにいるわけだな」

向井が言った。

「そ、そうでさァ」

島次郎の喘ぎ声が激しくなってきた。喋り過ぎたせいもあるのかもしれない。

銀次は島次郎の様子から、横になった方がいい、とみて、

「松吉、与三郎、手を貸してくれ」

と、声をかけた。島次郎を店のなかに運んで小上がりに寝かせてやろうと思ったのだ。銀次たち三人が島次郎のまわりに集まったとき、ふいに島次郎が低い呻き声を上げ、顎を前に突き出すようにして背を反らせた。

「島次郎、しっかりしろ!」

銀次が声をかけた。

だが、島次郎は苦しげに顔をしかめただけだった。背をそらせたまま、グッ、と喉のつまったような呻き声を上げ、体を硬直させた。次の瞬間、島次郎の体から力が抜け、急にぐったりとなった。息の音が聞こえない。

いっとき、銀次たちは島次郎の死体に目をやっていたが、

「明日、茅町《かやちょう》の墓地に運んで埋葬してやろう」

銀次が言った。池之端仲町の隣の茅町にある寺の墓地に、島次郎を埋めてやろ

うと思ったのだ。

八

翌日、銀次たちは島次郎の遺体を茅町にある寺まで運んで、埋葬してやった。

その後、嘉乃屋にもどった銀次たちは、島次郎が話した清川屋に行ってみることにした。清川屋に権蔵と中沢がいるかどうか、確かめようと思ったのだ。

「おきみ、この店はしめておけ。いつ、権蔵の子分たちが押し入ってくるか、分からないからな」

と、銀次が言った。

「で、でも、わたし、やることがないから」

おきみが、寂しそうな顔をした。

すると、そばにいた向井が、

「どうだ、おきみも、山下に連れていったら」

と、銀次に目をやって言った。

「だ、旦那、遊山に行くんじゃァねえ」

銀次が声をつまらせて言った。

「いいではないか。おれたちも、清川屋に権蔵と中沢がいるかどうか確かめに行くだけだ」向井が言うと、そばにいた与三郎が、

「たまには、女将さんにも、息抜きをしてもらったらどうです」

と、銀次に目をやって言った。与三郎の顔にも笑みが浮いている。

「仕方ない。帰りに、みんなでそば屋にでも寄るか」

銀次が言った。

それから、銀次たちはおきみが身仕度を整えるのを待って、嘉乃屋を出た。おきみは男たちといっしょに歩くのが恥ずかしいのか、銀次の後ろから身をちいさくして歩いてくる。銀次たちは清川屋の近くまで来ると、以前と同じように通りの邪魔にならないように水茶屋の脇に集まった。

銀次はおきみがそばにいることもあって黙っていると、

「清川屋に権蔵と中沢がいるかどうか、探るだけでいいぞ。中沢や子分たちは、嘉乃屋を襲って返り討ちに遭っているからな。……山下にでも、身を隠している

かもしれん」

向井が男たちに言った。

「権蔵や中沢に知れねえようにな」

銀次が言い添えた。

「親分、行ってきやす」

松吉が銀次とおきみに目をやって言い、先に清川屋へむかった。

向井と与三郎が、松吉につづいた。

後に残った銀次が、

「おきみ、ここで待っていてくれ。すぐに、もどる」

と言い置き、おきみから離れて清川屋にむかった。

銀次は清川屋の店先が見える場に立ち、話の聞けそうな客が出てくるのを待った。まず、客から清川屋のなかの様子を訊いてみようと思ったのだ。

銀次がその場に立って小半刻（三十分）ほど経ったろうか。清川屋から商家の旦那らしい男が、女将といっしょに出てきた。

ふたりは戸口で何やら言葉を交わした後、旦那ふうの男が店から離れた。女将は男の後ろ姿を見送った後、すぐに店に入った。

旦那ふうの男は、人込みを避けるように通り沿いの店から離れ、下谷広小路の方に歩いていく。

銀次は足早に歩いて、男に追いつき、

「ちょいと、すまねえ」

と、後ろから声をかけた。

「てまえですか」

男は足をとめて振り返った。四十がらみであろうか。目付きの鋭い男である。見知らぬ男に声をかけられても、動揺した様子は見られなかった。それに、昼間から料理屋で飲んでいるのも腑に落ちない。

……この男、商家の旦那ではないかもしれない。

と、銀次はみた。

「旦那が、清川屋から出てきたのを見掛けやしてね。訊きてえことがあるんでさァ」

「なんです」

男はゆっくりと歩きだした。

「清川屋の旦那が、店にもどっていると耳にしやしてね。……あっしも、好きなもんで」

そう言って、銀次は壺を振る真似をして見せた。

男の顔に警戒するような表情が浮いたが、何も言わず、銀次に目をむけている。

「賭場はひらいてるんですかい」

銀次が声をひそめて訊いた。

「てまえは、噂を耳にしただけですがね。山下の賭場は、しまったままだそうですよ」

男が素っ気なく言った。

「あっしは、権蔵親分が、清川屋にもどってると聞きやしたぜ」

「権蔵さんは、いましたよ」

男はそう言うと、「てまえは、賭場のことはまったく知りませんので」と言い置き、足早に銀次から離れていった。

仕方なく、銀次は清川屋の近くにもどり、話の聞けそうな者が出てくるのを待

った。それから、いっときして、職人ふうのふたり連れが出てきたので、銀次は
それとなく権蔵や賭場のことを訊いたが、ふたりは権蔵の名を知っていただけで、
賭場のことはまったく知らなかった。博奕に手を出したこともないらしい。

銀次は、おきみのいる場にもどった。まだ、向井や松吉たちの姿はなかった。

いっときすると、向井がもどり、つづいて松吉と与三郎がもどってきた。

銀次が清川屋から出てきた男から話を聞いたとおり、

「清川屋に、権蔵はいるようだ」

と、向井たちに話した。

「あっしも、その話を聞きやした」

松吉が身を乗り出すようにして言った。

松吉につづいて与三郎が、

「それに、清川屋の裏手の賭場には、ふだんより多くの子分たちが、集まっているようでさァ」

と、言い添えた。

すると、それまで黙って聞いていた向井が、

「おれは、権蔵といっしょに、武士がいると聞いたぞ。中沢とみていいな」

と、銀次たち三人に目をやって言った。

「清川屋の裏手の賭場をひらくつもりかな」

銀次が言った。

「いや、ちがう。おれが訊いた男は、近く別の場所に賭場をひらくらしいと話していたぞ」

「北大門町の賭場ですかい」

「そうみていい」

「いよいよ権蔵が乗り出し、北大門町に賭場をひらくのか」

銀次の顔が、厳しくなった。

その場にいた向井たち三人の顔も、いつになく厳しかった。おきみだけが、不安そうな顔をして男たちに目をやっている。

第五章　大捕物

一

「これから、北大門町へ行きやしょう」

銀次が声高に言った。

嘉乃屋の小上がりに、銀次、向井、与三郎、松吉、それにおきみの姿があった。

銀次たちが山下に出かけて、権蔵たちのことを探った三日後である。

「そろそろ、北大門町の賭場にも動きがあるかもしれんな」

向井が言った。

「権蔵たちが清川屋を出て、新しくひらく賭場に集まっていれば、町方に話して一気にお縄にすることができやすぜ」

銀次は、権蔵が賭場にいることがはっきりすれば、定廻《じょうまわ》り同心の島崎に話し、捕方をむけてもらうつもりだった。島崎が乗り出せば、権蔵はむろんのこと子分たちも捕らえることができるはずだ。

「探りに行きやしょう」

松吉が立ち上がった。

銀次、向井、与三郎の三人も腰を上げて店から出ると、後についてきたおきみが、

「みんな、無理をしないで」

と、声をかけた。おきみの顔には、不安そうな表情があった。おきみは、銀次たちが赤鬼の権蔵と呼ばれている親分のことを話しているのを耳にし、まさに鬼のように恐ろしい男だと思っているようだ。

「おきみ、心配するな。おれたちは様子を見に行くだけだ」

銀次がおきみに声をかけて、店先から離れた。

銀次たちは人通りの多い下谷広小路から上野北大門町まで来て、そば屋の脇の

路地に入った。急に人通りが少なくなり、妙に静かである。

銀次たちは路地をいっとき歩き、前方に板塀をめぐらせた仕舞屋《しもたや》が見えると、路傍に足をとめた。

「変わりないな」

向井が言った。

「何か動きがあるかもしれやせんぜ」

銀次は、賭場をひらくために権蔵の子分たちが何人か集まっているのではないかとみた。権蔵自身が様子を見に来ているかもしれない。

「どうする」

向井が訊いた。

「ともかく、近付いてみやしょう」

銀次は通行人を装い、仕舞屋の前を通ってみようと思った。

「そうだな。家の前まで行けば、様子が知れるだろう」

向井が言った。

銀次たちはその場を離れ、通行人を装い、すこし間を取って歩いた。先にたった銀次は、仕舞屋の吹抜門の前で、すこし歩調を緩《ゆる》めたが、足をとめずにそのまま通り過ぎた。仕舞屋の戸口に、男が三人も立っていたからだ。三人はいずれも遊び人ふうだった。権蔵の子分であろう。

後続の向井たち三人も、門の前で足をとめずに通り過ぎた。

銀次は、仕舞屋から一町ほど離れたところで足をとめた。そして、後続の三人が近付くのを待って、

「戸口に三人もいたな」

と、話を切り出した。

「賭場をひらく準備をしていたのではないか」

向井が身を乗り出すようにして言うと、

「あっしも、そうみやした」

与三郎がつづいた。

「ちかいうちに、賭場をひらくということか。……いよいよ権蔵が乗り出してくるな」

銀次が言った。

「賭場がひらかれ、権蔵や子分たちが集まったときに、町方が乗り込んで捕らえればいいわけだ」

「あっしが、島崎の旦那に話しやす」

「今日は、このまま帰るか」

向井が銀次に訊いた。

「せっかく来たんだ。すこし探ってみやしょう」

「何を探るのだ」

「あの仕舞屋のまわりでさァ。脇や裏手がどうなっているか、分からねえ。裏手に逃げ道でもあれば、町方が踏み込んでも逃げられちまう」

銀次が言った。

「銀次の言うとおりだ」

「あっしが、訊いてきやす。旦那たちは、この辺りで待っていてくだせえ」

銀次はそう言い残し、路地沿いにあった八百屋に足をむけた。

八百屋の店先で親爺が、近所の住人らしい女と話していた。女は菜にする野菜を買いにきたらしく、葱《ねぎ》と青菜を手にしていた。

銀次が店先に近付くと、女が「また、来るね」と言い残し、下駄の音をひびかせて店先から離れた。

「すまねえ。訊きてえことがあるんだ」

銀次が親爺に声をかけた。

「何です」

親爺は不機嫌そうな顔をした。銀次を客ではないとみたからだろう。

「そこに、板塀をめぐらせた家があるな」

銀次が仕舞屋を指差して言った。

「ありやすが」

親爺は、素っ気なく言った。

「妾をかこっていた家と聞いたんだがな」

「ずいぶん前の話でさァ。あっしは名を知らねえが、いまは怖い旦那が出入りしてると聞きやしたぜ」

親爺が顔をしかめて言った。

「いや、おれは、あの家に用があるわけではないのだ。あの家の裏手に、女を囲っておくいい借家があると聞いたんだが、どうやったら裏手にまわれるのだ」

銀次は、借家の話など聞いてなかった。仕舞屋の裏手にまわる道があれば、その道を知りたかったので、そう訊いたのだ。裏手にまわれれば、権蔵一家の者が逃げるのを防ぐとともに、裏手からも捕方を侵入させることができる。

「裏手にまわる道は、ありやすよ。……ですが、空き地やちいさな店がつづいてやしてね。女を囲っておくような借家はありませんぜ」

「ともかく行ってみる。どう行けばいいんだ」

「この道を二町ほど歩くと、右手に入る細い道がありやす。そこを行けば、裏手にまわれまさァ」

「行ってみよう」

銀次は親爺に礼を言うと、向井たちのいる場所にもどった。

二

銀次が向井たちに仕舞屋の裏手にまわる道があることを話すと、

「行ってみるか」

と向井が言い、四人で行くことになった。

八百屋の親爺が話していた通り、二町ほど歩くと、右手に入る細い道があった。

銀次たちは、その道をたどった。道沿いにはちいさな店があるだけで、雑草地や笹藪《ささやぶ》などが目についた。しばらく歩くと、仕舞屋の裏手に出た。その道は、人家や店の並ぶ通りにつづいているらしい。

「見ろ、家の裏手だ」

向井が指差した。

そこは仕舞屋の裏手で、家の背戸から銀次たちのいる道に出られるようだ。

「裏手も、町方で固めないと逃げられるな」

銀次が言った。背戸から銀次たちのいる小径に出れば、逃げることができる。後を追って、捕らえるのはむずかしいだろう。

「町方に、話しておいた方がいいな」

向井が言った。

「そうしやす」

銀次たちは、来た道を引き返した。

仕舞屋の近くまで来ると、銀次たちはすこし間をとって歩いた。仕舞屋にいる権蔵の子分たちの目に触れても不審を抱かせないようにしたのだ。

その日、銀次たちは嘉乃屋に帰ると、おきみが淹《い》れてくれた茶で喉を潤《うるお》してから、今後のことを相談した。

「権蔵は、近いうちに賭場をひらくようだ」

向井が言った。

「あっしも、そうみやした」

銀次も、ここ数日中に、権蔵が上野北大門町に賭場をひらくとみていた。

「どうだ、権蔵が賭場をひらき、北大門町の家に来ているのをつかんでから、島崎どのに話したら」

「そうしやしょう」

銀次が言った。賭場をひらいている現場に町方が踏み込めば、権蔵や子分たちを一網打尽にできるはずだ。

それから三日後、銀次と松吉は、上野北大門町に出かけた。そろそろ仕舞屋に権蔵が姿をあらわすのではあるまいか。

銀次と松吉は、通行人を装って板塀をめぐらせた仕舞屋の前を通った。戸口に、遊び人ふうの男が三人も立っていた。家のなかから、何人もの男の話し声が聞こえる。

……権蔵が来ているのではないか！

と、銀次は思ったが、はっきりしない。

銀次と松吉は、仕舞屋の前を通り過ぎ、一町ほど歩いてから路傍に足をとめた。

「子分が、大勢集まっているようだ」

銀次が言った。

「権蔵が、来ているのかもしれねえ」

松吉の声には、昂ったひびきがあった。

「家の裏手に、まわってみるか」

銀次は裏手にまわれば、仕舞屋にいる子分たちの声も聞き取れるのではないかとみた。銀次と松吉は、三日前に行った仕舞屋の裏手にまわる小径に足をむけた。

小径に入って、いっとき歩くと、仕舞屋の裏手に出た。

家のなかから、男の話し声や物音などが聞こえてきた。何人もの男がいるようだ。権蔵の子分たちであろう。

銀次と松吉は仕舞屋の背戸近くの樹陰に身を隠し、聞き耳をたてた。男たちの声が、はっきり聞こえる。

男たちの慌ただしそうに歩く足音や障子をあけしめするような音が聞こえ、「盆茣蓙《ぼんござ》の仕度は、できているのか」「客の座布団は、どうした」などという男の声が聞こえた。

……博奕場の仕度をしている！

銀次が胸の内で声を上げた。

そうした声のなかに、「権蔵親分に、見てもらおう」という男の声が聞こえた。

すると、松吉が銀次に身を寄せ、

「権蔵が来てるようですぜ」

と、声をひそめて言った。

「そのようだ」

銀次も、権蔵はこの家のなかにいるとみた。用心棒の中沢も権蔵といっしょに来ているはずだ。

「行くぞ」

銀次が声をひそめて言った。これ以上、この家を探る必要はなかった。賭場は今日明日にも、ひらかれるはずだ。権蔵の賭場に出入りしていた常連には、賭場をひらくことがひそかに伝えてあるにちがいない。

銀次と松吉は来た道を引き返し、嘉乃屋にもどった。

その日、銀次は向井が顔を出すのを待って、与三郎と向井に、松吉とふたりで探ったことを話した。

「権蔵がいるのだな」

向井が念を押すように訊いた。

「いやす。中沢もいるはずでさァ」

銀次が断定するように言った。

「どうする」

「明日、島崎の旦那に会って知らせやす。賭場が開かれているときに大勢で踏み込めば、権蔵や子分たちを残らず捕らえられやす」

「おれは、どうするかな」

「向井の旦那も頼みやす。賭場には、中沢がいやす。捕方だけでお縄にしようとすれば、大勢の犠牲者がでるはずです」

銀次は、捕方だけでは中沢にも逃げられるのではないかとみた。

「承知した。おれも、中沢と決着をつけたいと思っていたのだ」

向井が、目をひからせて言った。剣客らしい凄みのある顔である。

三

翌朝、銀次は松吉を連れて嘉乃屋を出ると、下谷広小路を南にむかった。そして、御成《おなり》街道を経て神田川沿いの通りに出てから東に歩き、和泉橋を渡った。渡った先が、柳原《やなぎわら》通りである。

銀次と松吉は、和泉橋のたもとで島崎が来るのを待った。定廻り同心の島崎は、市中巡視のおり、和泉橋のたもとを通るのだ。

銀次たちがその場に立って、半刻（一時間）ほど経ったろうか。なかなか島崎は、姿を見せなかった。

「来ねえなァ。島崎の旦那は、いっちまったのかもしれねえ」

松吉がうんざりした顔で言ったとき、通りの先に島崎の姿が見えた。八丁堀同心は、小袖を着流し、黒羽織の裾《すそ》を帯に挟む独特の格好をしているので、遠目にもそれと知れる。島崎は、三人の手先を連れていた。小者と岡っ引きがふたりである。三人は、島崎の巡視の折りに供をすることが多かった。

「銀次か。おれに、何か話があるようだな」

島崎が銀次に声をかけた。

「へい、赤鬼の権蔵のことが知れやした。島崎の旦那の耳に入れておきてえと思って、待ってやした」

「話してくれ」

島崎が歩きながら言った。

銀次と松吉は島崎の後ろにつくと、

「権蔵の居所が知れやした。新しくひらいた賭場に、子分たちといっしょにいるようでさァ」

と、銀次が言った。

「その賭場は、どこにある」

島崎の声が、大きくなった。以前から、島崎は赤鬼の権蔵と呼ばれる親分を自分の手で捕らえたいと思っていたのだ。

「下谷広小路から北大門町に入った先でさァ」

「子分たちは、大勢いるのか」

「いやす。それに、腕のたつ中沢という二本差しもいるようで」

「与力に話さずに、捕方をむけるとなると、大勢集めるのはむずかしいな」

島崎が眉を寄せて言った。

通常、大きな捕物は与力の出役を仰ぎ、大勢の捕方を集めることになる。そうなると、出役までに何日かかかり、捕縛しようとする相手に知られることもある。権蔵のような男は、町奉行所の動きにも目をひからせているので、与力の出役を仰ぐと、町方の動きを察知するはずである。

「向井の旦那の手も借りやす。二本差しは、向井の旦那が、討ち取ってくれるはずでさァ」

銀次が言った。

「そうか。……ならば、明後日だ」

島崎が、明日中に捕方たちを集め、明後日の午後に上野北大門町にむかうことを話した。

島崎と別れた銀次は、途中、向井の道場に立ち寄った。めずらしく、道場内から竹刀を打ち合う音が聞こえた。門弟が稽古しているらしい。

銀次が道場の戸口に立って声をかけると、稽古着姿の向井が竹刀を手にして出てきた。顔に汗が浮いている。どうやら、門弟相手に稽古をしていたらしい。

「おお、銀次か」

向井が手の甲で、額の汗を拭きながら言った。

「どういう風の吹き回しです。稽古をしてたんですかい」

銀次が訊いた。脇に立っている松吉も、珍しいものを見るような顔をしている。

「い、いや、嘉乃屋に出かけようとしたところに、門弟が来てな。仕方なく、相手をしていたのだ」

向井が、照れたような顔をして言った。

「ここに来る前に、島崎の旦那に会いやしてね。権蔵の賭場が知れたことを話したんでさァ」

「それで、どうした」

向井が話の先をうながした。

「明後日、賭場に踏み込むことになりやした。向井の旦那の手も借りてえんで」

「むろん、おれも行く」

「明後日の昼前に、嘉乃屋に来てくだせえ」

「昼前だな」

向井が、目尻を下げて言った。嘉乃屋で、昼飯を食ってから出かけることになるとみたようだ。

「待ってやす」

そう言って、銀次は踵《きびす》を返した。長居して、久し振りで門弟に稽古をつけている向井の邪魔をしては悪いと思ったのだ。

銀次が島崎と会った二日後、松吉といっしょに嘉乃屋で待っていると、向井が顔を出した。

「銀次、待たせたか」

向井が額の汗を手の甲で拭いながら言った。急いで来たらしい。

「旦那、昼飯の仕度ができてやす」

銀次が笑みを浮かべて言った。

「すまんな」

向井は照れたような顔して小上がりに腰を下ろした。

そこへ、板場にいたおきみと与三郎が、三人分のめしと菜を運んできた。めしは丼に盛ってあり、菜は焼き魚とたくわんだった。三人分の仕度をして、向井が来るのを待っていたのだ。

「いつも、すまんな」

そう言って、向井はすぐにめしを盛った丼に手を伸ばした。

銀次たち三人は昼飯を食べ終え、おきみが用意してくれた茶を飲んで一息ついてから立ち上がった。

これから、島崎の率いる捕方たちとともに上野北大門町にむかい、権蔵の賭場に踏み込むのだ。

四

銀次、向井、松吉、与三郎の四人は、上野北大門町のそば屋の脇の路地の前で島崎が来るのを待っていた。その場で、待ち合わせることになっていたのだ。島崎の率いる捕方の一隊は、なかなか姿を見せなかった。銀次が様子を見に行こうと思い、その場から離れようとしたとき、

「親分、きやした！」

と、松吉が声を上げた。

見ると、島崎が十数人の捕方を連れて歩いてくる。捕方たちのなかに、短い梯《はし》子《ご》や捕物三道具《みつどうぐ》と呼ばれる突棒《つくぼう》、刺叉《さすまた》、袖搦《そでがらみ》などを手にしている者もいた。

銀次は島崎のそばに走り寄り、

「案内しやす」

と言って、捕方の先に立った。松吉は銀次の脇についたが、向井と与三郎は後ろからついてきた。

銀次は捕方たちを連れ、そば屋の脇の路地に入った。そして、前方に板塀をめぐらせた仕舞屋が見えてくると、路傍に足をとめ、

「そこの板塀をめぐらせた家でさァ」

と言って、指差した。

「門があるが、入れるのか」

島崎が訊いた。

「門扉がありやすが、梯子をかければ、すぐに越えられやす。それに、踏み込むのが表からだけだと、背戸から逃げられやす」

銀次は、家の裏手にまわる道を知っているので、何人かの捕方とともに裏手を固めたいと島崎に話した。

「銀次に、五、六人捕方をつけるので、裏手から逃げる者を捕らえてくれ」

島崎が言った。

「承知しやした」

銀次は、この場に来る前から、向井たちとともに裏手を固めようと思っていた。それというのも、権蔵は中沢とともに裏手から逃げようとする、とみたのだ。捕方の一隊は、仕舞屋の近くまで来ると、二手に分かれた。銀次たち一隊が先になり、足を速めて仕舞屋の裏手に通じている道にむかった。銀次たち一隊は、島崎が連れてきた捕方が五人。それに、向井、松吉、与三郎の三人が加わっている。

銀次たちが仕舞屋の吹抜門の前を通り過ぎるとき、仕舞屋の戸口にいた若い衆が驚いたような顔をして、銀次たち一隊を見た。捕物装束で突棒などの捕物道具を手にしている者がいたからだろう。

若い衆は、すぐに戸口から家のなかに飛び込んだ。捕方のことを知らせにいったようだ。そこへ、後続の島崎の率いる一隊が、吹抜門の前まで来た。そして、梯子を手にした捕方のひとりが門扉に梯子をかけて登り、門扉に足をかけて向こう側に飛び下りた。門扉といっても、胸ほどの高さしかないので、飛び下りるのは容易である。

飛び下りた捕方は、すぐに閂《かんぬき》を外して門扉をあけた。

「踏み込め！」

島崎の声で、捕方の一隊が踏み込んだ。

仕舞屋のなかから、何人もの男の叫び声や廊下を走る足音などが聞こえてきた。

捕方の一隊が踏み込んできたことを知って、権蔵の子分たちは慌《あわ》てているようだ。

捕方の一隊が、仕舞屋の戸口近くに集まった。ひとりが、戸口の板戸に手をかけて引いたがあかなかった。内側に心張り棒をかってあるらしい。

「ぶち破れ！」

島崎が鉈《なた》を手にした捕方に命じた。板戸をぶち破るために、鉈を用意したようだ。

鉈を手にした捕方が、板戸の前に立ってふるった。

バキッ、と大きな音がし、戸の板がぶち割られた。捕方が二度、三度と鉈をふるうと、大きな破れ目ができた。捕方は戸の破れたところから、手をつっ込んで心張り棒を外した。戸は開いた。敷居の先が、土間になっている。その先に狭い板間があり、奥が座敷になっていた。

「踏み込め！」

島崎が声を上げた。

座敷に、三人の遊び人ふうの男がいた。権蔵の子分らしい。

「町方だ！」

「踏み込んできたぞ！」

ふたりが叫び、それぞれ匕首を手にしたが、恐怖と興奮で体が顫《ふる》えている。

御用！

御用！

と、声を上げ、捕方たちが十手をむけた。

座敷にいた三人は、右手にある廊下へ逃げようとした。廊下は裏手につづいているらしい。

だが、廊下側にも四人の捕方がまわり込んでいた。四人のなかには、十手だけでなく突棒を持っている者もいた。

「殺してやる！」

ひとりの遊び人が、ひき攣《つ》ったような顔をして踏み込んできた。そして、前に立っていた捕方めがけて、匕首《あいくち》をふるった。

咄嗟《とっさ》に、捕方は身を引いたが間に合わず、左袖が裂けた。捕方は悲鳴を上げて後ろに逃げた。

このとき、近くにいた捕方が手にしていた突棒を、匕首を手にした男にふるった。突棒の先が男の胸に当たり、その強い衝撃で、男は後ろへひっくり返った。

これを見た島崎が、「捕れ！」と声を上げた。

島崎のそばにいた捕方のふたりが、後ろに倒れた男のそばに近寄り、男を押さえつけた。そして、突棒をふるった捕方の手も借り、三人で男に早縄をかけた。

この間に、座敷にいた他のふたりの男は匕首をふるい、たじろいで身を引いた捕方の脇から逃げようとした。

「逃がさねえ！」

叫びざま、捕方のひとりが六尺棒をふるった。

ゴン、という鈍い音がし、遊び人ふうの男がよろめいた。捕方のふるった六尺棒が、男の頭を強打したのだ。

男の足がとまると、そこへ他の捕方が踏み込み、押し倒して早縄をかけた。

もうひとりの遊び人ふうの男は、廊下へ逃げた。何人もの捕方が、逃げた男の後を追って廊下に飛び出した。

五

仕舞屋のなかで捕物が始まったとき、銀次たちの一隊は小径をたどって仕舞屋の裏手近くまで来ていた。

仕舞屋のなかから、男の怒声や悲鳴、廊下を走るような音などが聞こえた。

「始まったぞ！」

向井が言った。

銀次たちは、急いで仕舞屋の背戸の近くに身を隠した。背戸から逃げ出す者がいれば、その場から飛び出して取り押さえるのだ。

仕舞屋のなかでは、踏み込んだ捕方と家にいた権蔵の子分たちでやり合っているようだが、背戸から飛び出してくる者はいなかった。

それからいっときすると、背戸の近くで怒鳴り声や捕方たちの御用！　御用！という声が聞こえた。背戸の近くまで、捕方たちが踏み込んできたようだ。

「だれか、出てくる！」

背戸に目をやっていた捕方のひとりが声を上げた。

背戸《と》があいて、遊び人ふうの男がふたり、背戸から飛び出してきた。

「捕るぞ！」

捕方のひとりが、声を上げて飛び出した。すると、近くに身をひそめていた他の捕方たちが、十手や刺叉などを手にして次々に飛び出した。

銀次、向井、与三郎、松吉の四人は、物陰に身をひそめたままだった。銀次たちの狙いは、頭目の権蔵と遣い手の中沢である。なんとしても、肝心のふたりは逃がしたくなかった。

つづいてふたり、遊び人ふうの男が逃げてきた。そのふたりに対しても、捕方たちが飛び出した。

御用！　御用！　と声を上げ、逃げる男たちの行く手をふさいだ。男たちは懐から匕首を取り出し、

「近寄ると、殺すぞ！」

ひとりの男が叫び、匕首を振り上げて威嚇《いかく》した。

捕方たちはひるまず、ふたりの男に十手や刺叉などをむけて迫っていく。

目の前で捕物が始まっても、銀次たちは飛び出さなかった。権蔵と中沢が、姿を見せるのを待っている。

「権蔵は、出てくるかな」

松吉が、そう言ったときだった。

背戸から、武士が出てきた。中沢である。つづいて大柄な男が、姿を見せた。四十がらみであろうか。赤ら顔で、ギョロリとした大きな目をしている。

「赤鬼のような顔だ！」

松吉が叫んだ。

「やつが、権蔵だ！」

向井が、身を乗り出して声を上げた。向井は男の異様な風貌を見て、権蔵と思ったようだ。

「捕らえるぞ！」

銀次が叫びざま、まろほしを手にして走り出た。

向井、与三郎、松吉、それに残っていた捕方たちが一斉に飛び出し、権蔵と中沢に迫った。

　権蔵は迫る捕方たちを見て、

「裏手にも、いやがった！」

　と叫び、つづいて背戸から出てきた子分たちに、

「あいつらを、殺っちまえ！」

　と大声で叫んだ。

　三人の子分が権蔵の前にまわり込むと、権蔵は反転して中沢とともに仕舞屋の裏手にある小径へ逃げようとした。

「逃がすか！」

　銀次はまろほしを手にしたまま走り、権蔵の前に立ちふさがった。別のふたりの子分が、銀次の左右にまわり込んで匕首をむけた。ふたりとも、血走ったような目をしている。

　中沢は権蔵のそばにいたが、向井が近付くと、

「おぬしが、相手か」

　と言って、権蔵からすこし離れて切っ先を向井にむけた。

向井は抜刀し、青眼に構えた。この場で、中沢を討とうとしたのだ。中沢も切っ先を向井にむけたが、腰が据わっていなかった。中沢の胸の内には、何とかこの場から逃げたいという気持ちがあるようだ。

松吉と与三郎は銀次のそばに来ると、権蔵に十手をむけた。与三郎も、十手を腰に差してきたのだ。

「権蔵、神妙にしろ！」

銀次が叫んだ。

権蔵はギョロリとした目で銀次を睨み、

「てめえが、銀次か」

と、怒鳴った。赤黒い顔で、目がつり上がっている。まさに、赤鬼のような形相である。

「権蔵、年貢の納め時だぜ」

銀次は、まろほしを権蔵にむけたまま間を狭め始めた。

権蔵は素手だった。銀次を睨みつけたまま後じさった。そこへ、三人の子分のひとり、浅黒い顔をした大柄な男が、長脇差を手にしてまわり込んできた。そして、銀次の前に立つと、長脇差の切っ先を銀次にむけた。

「殺してやる！」

大柄な男は、血走った目で銀次を睨んでいる。

銀次はまろほしの槍穂を大柄な男にむけた。銀次は胸の内で、この男を生きたまま捕らえるのは難しいとみた。

他のふたりの子分は、権蔵の両脇についていた。ふたりとも匕首を手にし、松吉と与三郎に切っ先をむけている。

権蔵は大柄な男が銀次と対峙しているのを見て、後退りし始めた。逃げるつもりらしい。ふたりの子分も、すこしずつ身を引いた。

「逃がすか！」

与三郎が声を上げた。

六

向井は中沢と対峙していた。ふたりの間合は、およそ二間半。真剣勝負の立ち合いの間合としては近い。仕舞屋の裏手は狭く、間合がひろくとれなかったのだ。

それに、町方と子分たちが、狭い場所でむかい合っていた。

ふたりは、相青眼に構えていた。ふたりとも、以前嘉乃屋の前で立ち合ったときと同じ構えである。

ふたりは全身に気勢を込め、斬撃の気配を見せて気魄《きはく》で攻め合っていた。気攻めである。だが、気の攻め合いは、長く続かなかった。間合が近いせいもあったが、近くで捕方と子分たちがやり合っていたこともあって、ふたりとも気を集中させることができなかったのだ。

「いくぞ!」

中沢が声を上げて先《せん》をとった。

中沢は青眼に構えた刀の切っ先を向井の目にむけたまま、足裏を摺《す》るようにしてジリジリと間合を狭めてきた。

対する向井は、動かなかった。気を鎮《しず》めて、ふたりの間合と中沢の斬撃の気配を読んでいる。

ふいに、中沢が寄り身をとめ、向井の目にむけた剣先をかすかに上下させた。

牽制《けんせい》である。中沢はまったく動じない向井を見て、気を乱そうとしたのだ。

そのとき、向井が、つッ、と右足をすこし前に出した。この一瞬の動きを、中沢は向井が斬り込んでくるとみた。

イヤアッ！

突如、中沢が裂帛の気合を発して斬り込んできた。

間髪をいれず、向井も仕掛けた。

中沢が、青眼の構えから振りかぶりざま袈裟《けさ》へ。

対する向井も、袈裟へ。

袈裟と袈裟――。

二筋の閃光《せんこう》がはしり、ふたりの眼前で合致し、青火が散って甲高い金属音が響いた。ふたりとも、敵の斬撃を刀身で受けたのだ。

ふたりは、己の刀身を立てて敵の刀身を受けたまま動かなかった。鍔迫《つばぜ》り合《あ》いである。ふたりが刀身を押し合っていたのは、ほんの数瞬だった。ふたりはほぼ同時に、己の刀身で敵の刀身を押して後ろに跳んだ。

ふたりとも、跳びざま己の刀をふるった。

向井は刀身を横に払い、中沢は袈裟に斬り込んだ。

向井の切っ先は、中沢の脇腹をとらえ、中沢の切っ先は、向井の左の肩先をとらえた。ふたりとも、大きく間合をとると、ふたたび相青眼に構え合った。

「相打ちか」

中沢が言った。

「そのようだ」

向井も相打ちとみた。ふたりとも、小袖を裂かれただけで、敵の切っ先は肌までとどかなかった。

ふたりは間合をひろく取ると、ふたたび相青眼に構えあった。

そのとき、「権蔵が逃げた！」という与三郎の甲高い声がひびいた。

向井はさらに身を引いて中沢との間合をとってから、与三郎に目をやった。

権蔵が、ふたりの子分とともに逃げていく。その後を、与三郎が数人の捕方とともに追っていく。

一方、銀次はまろほしを手にして、大柄な男と対峙していた。大柄な男が、銀次の足をとめていると言ってもいい。

向井が銀次に目をやっていると、いきなり銀次が仕掛けた。大柄な男を討ち取って、逃げる権蔵の後を追うつもりなのだろう。

……銀次は、すぐに権蔵を追えない。

と、向井はみた。

向井は胸の内で、権蔵を逃したくないと思った。権蔵を逃せば、その居所をつきとめるだけでも容易ではない。

向井は素早い動きで、中沢との間合を取ると、

「中沢、勝負、あずけた」

と、言いざま、反転して権蔵の後を追った。

一瞬、中沢は戸惑うような顔をしたが、抜き身を手にしたままその場に立って、向井や権蔵に目をやっていた。向井の後を追う気はないようだ。

このとき、銀次はすばやい動きで大柄な男に身を寄せ、手にしたまろほしの槍穂を突き出した。咄嗟に、大柄な男は身を引いて槍穂から逃れたが、体勢をくずした。

すかさず、銀次は踏み込み、大柄な男を狙ってさらに槍穂を突き出した。一瞬の動きである。

槍穂が、大柄な男の右の肩に突き刺さった。

男は手にした匕首を取り落とし、後ろによろめいた。これを見た銀次が、近くにいた捕方に、

「縄を掛けてくれ！」

と、声をかけた。

すると、ふたりの捕方が十手をふるい、大柄な男の頭部と肩先を強打した。男は悲鳴を上げて後じさった。そこへ、ふたりの捕方が踏み込み、ひとりが足をかけて男を押し倒した。

すぐに、捕方のひとりが捕縄を取り出し、押し倒した男に縄をかけようとした。もうひとりの捕方が、倒れた男の両肩を押さえている。

これを見た銀次は、大柄な男をふたりの捕方にまかせ、逃げる権蔵の後を追った。小径の先に、何人もの男の姿が見えた。逃げる権蔵とふたりの子分。その後を追う与三郎と松吉。さらに、数人の捕方の姿が見えた。与三郎たちの後ろには、

向井の姿もある。

銀次は足を速めた。権蔵たちの後を追う味方は多かったが、銀次は何としても自分の手で権蔵を捕らえたかったのだ。

すぐに、銀次は後を追う向井の背後に迫った。

向井が銀次の足音を聞いて振り返った。向井は苦しげに喘《あえ》いでいる。走るのは、苦手らしい。

「ぎ、銀次か。……権蔵を追ってくれ」

向井は銀次に声をかけると、走るのをやめて歩きだした。権蔵を追いかけるのは、銀次にまかせたらしい。

七

銀次は懸命に走った。権蔵たちとの間がしだいに狭まってきた。権蔵も走るのは苦手らしく、足がもつれ、荒々しい喘ぎ声が聞こえた。赭黒い顔が一層赤くなり、目がつり上がっている。まさに、赤鬼のようである。

権蔵が歩きだした。息が上がって、走れなくなったらしい。すると、ふたりの子分も走るのをやめ、権蔵の後ろにまわった。背後から追ってくる捕方たちから、権蔵の身を守ろうとしたようだ。

そのふたりの子分に、与三郎と松吉が走り寄り、

「観念しろ！　権蔵」

と、与三郎が声をかけた。

その声で権蔵は走るのをやめ、道の端に立ちどまった。そして、懐から匕首を取り出した。咄嗟に、匕首を忍ばせてきたのだろう。

その権蔵の前に、ふたりの子分が立った。ふたりとも血走った目をし、喘ぎ声を洩らしている。

ふたりは権蔵と同じように匕首を手にし、前に立った与三郎と松吉に切っ先をむけた。与三郎と松吉は、十手をふたりの子分にむけて身構えている。そこへ、銀次が走り寄った。向井は、まだである。

「権蔵！　年貢の納めどきだ」

銀次はそう言って、手にしたまろほしを権蔵にむけた。

権蔵は喘ぎ声を上げながら、

「銀次、生かして帰《けえ》さねえぜ」

と、銀次を睨みつけて言った。どうやら、権蔵は銀次のことを子分たちから聞いていたらしい。

「おれが、銀次だ。このまろほしで、おめえの首を突き刺してやってもいいが、生かしたまま捕る」

銀次は、生きたまま権蔵を捕らえ、いっしょに来ている島崎に引き渡したかったのだ。

「殺せ！　銀次を殺せ！」

権蔵が、ふたりの子分に怒鳴った。

ふたりの子分は、手にした匕首を銀次にむけて構えた。ふたりの目がつり上がり、手にした匕首が震えている。

「いくぜ！」

銀次が、前に立った子分のひとりに、まろほしの槍穂の先をむけた。そのとき、遅れてきた向井が、銀次の脇に来て、

「おれが、この男の相手をする」

と言って、浅黒い顔をした子分のひとりに切っ先をむけた。

「そいつは、向井の旦那にまかせやす」

銀次は目の前にいる男に一歩身を寄せた。

面長で、細い目をした男だった。恐怖と興奮で、目がつり上がっている。

「いくぜ！」

銀次が声をかけ、一歩踏み込んだ。

すると、面長の男が、「殺してやる！」と叫びざま、手にした匕首を前に突き出して、むかってきた。

男は銀次に迫り、手にした匕首を前に突き出した。

一瞬、銀次は右手に跳んで男の匕首を躱《かわ》すと、手にしたまろほしの槍穂で、男の右の手首を強打した。

ギャッ！　と、男は叫び、手にした匕首を取り落とした。そして、前によろめいた。そこへ、与三郎と松吉が近付き、男の肩をつかんで押し倒した。

銀次は、もうひとりの浅黒い顔をした男に目をむけた。

ちょうど、向井が刀を八相に構えて踏み込むところだった。刀身を峰に返している。向井は男を峰打ちで仕留めるつもりらしい。

男は踏み込んできた向井を見て、

「死ね！」

と、叫び声を上げ、手にした匕首を向井にむけてつき出した。

咄嗟に、向井は右手に体を寄せざま刀身を横に払った。一瞬の太刀捌《たちさば》きである。向井の峰打ちが、男の腹を強打した。男は手にした匕首を取り落とし、呻《うめ》き声を上げてよろめいた。そして、足がとまると、男は両手で腹を押さえてうずくまった。

「縄をかけろ！」

向井が、近くにいた捕方に声をかけた。

すると、近くにいたふたりの捕方が、うずくまっている男の両腕を後ろにとって、縄をかけた。

この間に、権蔵も捕方たちに捕らえられていた。

「権蔵と子分たちを捕らえたな」

向井が、銀次に目をやって言った。ほっとした顔をしている。

「旦那の御陰でさァ」

「だが、中沢は逃がした」

向井が、中沢の逃げた道の先に目をやって言った。


銀次たちは捕らえた権蔵と子分たちを連れて、仕舞屋にもどった。背戸の近くに、島崎と数人の捕方が立っていた。銀次たちが、もどるのを待っていたらしい。

島崎は捕らえた権蔵と子分たちを見ると、銀次たちのそばに歩み寄り、

「その男が、権蔵か」

と、権蔵に目をやって訊いた。

「そうでさァ。何とか捕らえやした」

銀次が言うと、脇に立っていた向井が、

「中沢には、逃げられた」

と、残念そうな顔をして言った。

「いや、これだけの子分がいたのだ。一人残らず、捕らえるのは無理だ。赤鬼の

権蔵を捕らえたのだ。それだけでも、うまくいったとみていい」

島崎が、満足そうな顔をして言った。

それから、銀次たちは島崎の後につづき、仕舞屋のなかに入った。背戸から入ると、すぐに土間になっていた。土間の先には狭い板間があり、左手の廊下が表に通じている。その廊下沿いに、三部屋あった。

島崎は真ん中の部屋の障子をあけ、

「ここが、賭場だ」

と、銀次たちに目をやって言った。

広い座敷だった。なかほどに、盆茣蓙が作られ、隅に座布団が積んであった。煙草盆《たばこぼん》なども用意されている。

「今夜にも、賭場がひらける」

島崎が盆茣蓙に目をやって言った。

「奥が、権蔵の部屋か」

向井が訊いた。

「そうらしい」

「大きな賭場だ。客も大勢集まるのだろうな」

銀次が言った。

「おれたちの手が入らなければ、山下にあった賭場に出入りしていた者が、ここに出入りするようになったわけだ」

島崎の顔には、満足そうな表情があった。賭場がひらかれる前に、貸元の権蔵と多くの子分たちを捕らえることができたからだろう。

第六章　残った鬼

一

「まだ、始末がついておらぬ」

　向井が厳しい顔をして言った。

　嘉乃屋の小上がりで、銀次、向井、松吉の三人が、おきみの淹《い》れてくれた茶を飲んでいた。おきみと与三郎は、板場にいる。客に出す料理の仕度をしているらしい。まだ、朝の五ツ（午前八時）ごろなので、店先に暖簾《のれん》は出ていなかった。

「中沢ですかい」

　銀次が言った。

上野北大門町にあった仕舞屋を島崎の率いる捕方とともに襲い、赤鬼の権蔵以下子分たちを捕らえて三日経っていた。仕舞屋に踏み込んだおり、銀次たちは権蔵の右腕ともいえる中沢を逃がして、そのままになっていたのだ。

「そうだ。このままでは、めしも旨くない」

向井が顔をしかめて言った。

「あっしらの手で、中沢を始末しやしょう」

銀次は、中沢を捕らえるとは言わなかった。剣の遣い手である中沢を捕らえるのはむずかしい。それに、向井も、ひとりの剣客として中沢と剣で決着をつけたいはずだ。

「その前に、中沢の居所をつきとめねばならんな」

「あっしは、中沢は山下に身をひそめているとみてるんですがね」

銀次が言った。

「清川屋か」

「へい」

「清川屋を探ってみるか」

向井の双眸が、光っている。

「行きやしょう。あっしも、中沢を始末しねえことには、胸がすっきりしねえんでさァ」

松吉が身を乗り出すようにして言った。

銀次、向井、松吉の三人は嘉乃屋を出ると、山下にむかった。与三郎は、嘉乃屋に残ってもらった。今日のところは、中沢の居所を探るだけなので、三人で十分だった。

銀次たちは、下谷広小路を経て山下に入った。山下は相変わらず賑わっていた。遊山客や参詣客、それに旅人などが行き交っている。

銀次たちは通行人を装って、清川屋の前を通った。店先に暖簾が出ていた。まだ、早いので客はすくないようだが、それでも客と思われる男の談笑の声や女中のものと思われる嬌声《きょうせい》が聞こえた。

銀次たちは清川屋の前で歩調を緩《ゆる》めただけで通り過ぎ、一町ほど歩いてから路傍に足をとめた。

「店はあいていたな」

向井が言った。

「女将《おかみ》が、仕切っているにちげえねえ」

権蔵がいなくなっても、清川屋の商売に支障はないようだ、と銀次は思った。

「中沢は、清川屋にもどっているかな」

向井が訊いた。

「分からねえ」

銀次は、何とも言えなかった。中沢は権蔵とのかかわりが切れたので、清川屋にはいないかもしれない。

「どうしやす」

松吉が訊いた。

「しばらく、清川屋を見張ってみるか。女将は、権蔵の情婦《いろ》とのことだ。女将とつながりのあった子分が、残っているかもしれねえ」

銀次は、中沢が清川屋にいれば、何か動きがあるのではないか、とみた。

銀次たちは、ふたたび清川屋に足をむけた。そして、店先を通り過ぎるおり、清川屋の脇から裏手に目をやった。店の裏手が賭場になっていたはずだが、それらしい様子は見られなかった。

銀次たちは、清川屋の前を通り過ぎてから水茶屋の脇で足をとめた。以前、銀次たちはその場所から、清川屋を見張ったのだ。すこし遠いが、清川屋の店先がよく見える。それに、通行人に不審の目をむけられることもなかった。そこで、待ち合わせしているように見えるからだ。

「ここで、しばらく清川屋を見張ってみやすか」

銀次が言うと、向井と松吉がうなずいた。

銀次たちが、その場で清川屋を見張り始めてすぐだった。清川屋から年配の男がふたり、女将に見送られて出てきた。客らしい。

「あっしが、ふたりに訊いてきやす」

銀次はそう言い残し、ひとりでその場を離れた。

銀次はふたりの男に追いついたが、すぐに声をかけなかった。背後にまわって、ふたりの会話に耳をかたむけた。山下は賑わっていて、大勢の人が行き交っているので、背後に身を寄せて歩いても不審を抱かれるようなことはなかった。

ふたりは、商家の旦那らしかった。清川屋で何度か飲んだことがあり、親しくなったようだ。話のなかに賭場のことも出たので、清川屋で賭場がひらかれていたころ、遊んだことがあるのかもしれない。

銀次はふたりが人込みから離れたところで、

「すまねえ。ちと、訊きてえことがありやす」

と言って、ふたりに身を寄せた。

ふたりは、驚いたような顔をして銀次を見た。ふたりとも足がとまっている。

「歩きながら話しやしょう。つっ立ってたら、通りの邪魔になりやす」

銀次がそう言うと、ふたりの男は歩きだした。

「あっしは、これが好きでしてね」

銀次が、壺を振る真似をして見せた。

ふたりの男は、戸惑うような顔をしただけで何も言わなかった。銀次が何者か分からないので警戒しているようだ。

「店の裏手に遊び場があったとき、何度か顔を出したことがあるんでさァ」

銀次は賭場ではなく、遊び場と口にした。通りすがりの者が耳にしてもいいようにそう言ったのだ。

すると、銀次のそばを歩いていた小柄な男が、

「てまえも、遊び場があることは知ってますよ」

と、声をひそめて言った。男は警戒して、遊んだことがあるとは言わなかった。

すると、もうひとりの痩身の男も、

「てまえも、遊び場のことは知ってます」

と、小声で言い添えた。

「いまも、ひらいてるんですかね」

銀次が訊いた。

「いまは、ひらいてないようですよ。……なにしろ、ひらいていた男が、いなくなりましたからね」

痩身の男は、町方に捕らえられたとは言わなかった。

「そうですかい。もう二度と、清川屋で遊ぶことはできねえのか」

銀次が肩を落として言った。

「そんなことは、ありませんよ。近いうちに、またひらくと聞きましたよ」

痩身の男が言った。

「近いうちに、ひらきやすか」

「そう聞きました。……女将さんの旦那は、いなくなったそうですが、お侍さまがもどってきましたし、店に出入りしている男もいるようですから」

瘦身の男はそう言うと、すこし足を速めた。すると、もうひとりの足も速くなった。ふたりとも、見知らぬ男と話し過ぎたと思ったのかもしれない。

銀次は足をとめた。そして、向井たちのいる場にもどると、ふたりの男から聞いた話を伝えた。

「お侍というのは、中沢ではないか」

向井が、身を乗り出して言った。

「あっしも、そうみやした」

「中沢は、清川屋にもどったのか」

「もどったようです。それに、近いうちに賭場もひらくらしい」

「何としても、中沢を討たねばならん」

向井が、顔を厳しくして言った。

二

「旦那、清川屋から出てきた！」

松吉が、清川屋の店先を指差して言った。

見ると、遊び人ふうの男がひとり、店から出てきた。そして、寛永寺の支院のある方に歩いていく。

「あっしが、訊いてきやす」

そう言い残し、松吉は足早に男の方へむかった。

松吉は男に近付くと、何やら声をかけ、ふたりで話しながら歩いていった。一町ほど歩いたろうか。松吉が足をとめた。そして、遊び人ふうの男が遠ざかると、松吉は小走りに銀次たちのいる場所にもどってきた。

「何か知れたか」

銀次が訊いた。

「へい、中沢ですがね。清川屋に居座っているようですぜ」

「居座っているだと」

向井が身を乗り出して言った。

「へい、いまも清川屋にいるようでさァ」

「中沢は、権蔵がいなくなったのをいいことに、清川屋に居座り、賭場までひらくつもりではないか」

向井の顔が厳しくなった。

「そうかもしれねえ」

銀次は、中沢を捕らえるなり討つなりしないと、此度《こたび》の件の始末はつかないとみた。

「おれが、中沢を討つ！」

向井が語気を強くして言った。

その日、銀次たちは場所を変え、清川屋の見張りをつづけた。長時間同じ場所に居続けると、水茶屋の者が不審を抱くからだ。

銀次たちは、場所を変えて陽が西の空にかたむくまで、清川屋を見張ったが、中沢は姿を見せなかった。

「明日だな。なに、焦《あせ》ることはない。いずれ、中沢は姿を見せる」

向井がそう言い、銀次たちと嘉乃屋にもどった。

翌朝、向井は陽が高くなってから嘉乃屋に姿を見せた。銀次が、朝飯を食ってきたか訊くと、めずらしく食ってきたという。

「銀次、すぐに出かけよう」

向井の胸の内には、何としても己の手で中沢を討ちたい、という強い思いがあるようだ。

「そのつもりで、旦那が来るのを待ってたんでさァ」

銀次は嘉乃屋に来ていた松吉も連れ、三人で山下にむかった。

この日は、曇天だった。ただ、雲が薄いので、雨の心配はなさそうだった。

銀次たち三人は、昨日と同じように水茶屋の脇に来て、清川屋を見張った。清川屋は昨日と変わりなくあいている。

銀次たち三人が、その場にきて小半刻（三十分）ほどしたとき、職人ふうの男がふたり店に入った。

「賭場がひらかれるのかな」

松吉が言った。

「いや、ただの客だろう。賭場をひらくには早すぎるし、北大門町の賭場が町方の手入れで、親分以下子分たちの多くがお縄になって間がない。すぐに、賭場をひらくようなことはないだろう」

銀次が言うと、向井がうなずいた。

その日、銀次たちは、清川屋から話の訊けそうな者が出てきても話を訊かず、店先を見張ることに終始した。ただ、同じ場所に居続けると、近くの店の者に不審を抱かせるので、見張りの場所は変えた。

昼過ぎになり、銀次たちは交替で近くにあったそば屋で空腹を満たした。空が雲で覆われ、陽が顔を出さないので何刻《なんどき》ごろかはっきりしないが、辺りが薄暗くなってきたとき、清川屋から武士と遊び人ふうの男が姿を見せた。

「中沢だ！」

銀次が声を上げた。

「尾けるぞ。賑やかな場所で、立ち合いはできん」

向井はそう言った後、「ばらばらになろう」と言って、先に水茶屋の脇から賑やかな通りに出た。

銀次たちはばらばらになり、人込みにまぎれて、中沢と遊び人ふうの男の跡を尾けた。ふたりは、何やら話しながら東にむかって歩いていく。銀次たちには、気付いてないようだ。

中沢と遊び人ふうの男は、寛永寺の支院を左手に見ながら歩き、浅草に通じる道に入った。その先に、木島と弥三郎の殺された場所がある。

銀次たちは浅草に通じる道に入ると、通り沿いの家の陰や浅草の方にむかう人の背後に身を隠したりして、中沢たちの跡を尾けた。

前を行く中沢と遊び人ふうの男は、何やら話しながら歩き、後ろを振り返って見るようなことはなかった。

銀次たちは、通りの左手に車坂町がひろがり、町家が軒を連ねている場所まで来ると、

「あっしと松吉で、やつらの前に出やす」

と、銀次が言い残し、松吉とふたりで左手の道に入った。

銀次と松吉は町家のつづく路地を小走りにたどり、中沢たちの前に出たと思われる場所まで来ると、小径をたどって表通りへ出た。そして、通りの先に目をやると、中沢と遊び人ふうの男の姿があった。その背後に、ちいさく向井も見えた。まだ、中沢たちは、通りの脇に立っている銀次と松吉に気付いていないようだ。ふたりで、話しながら歩いてくる。

銀次と松吉は、中沢たちの方へむかって足早に歩きだした。そして、一気に中沢たちに迫った。

中沢が、前から近付いてくる銀次と松吉に気付いたらしい。中沢が足をとめ、何やら遊び人ふうの男に言ったが、逃げるような素振りは見せなかった。銀次と松吉だけだったからだろう。

銀次と松吉は、足を速めた。一気に、中沢たちとの間が狭まっていく。そのとき、中沢が背後を振り返った。後ろから迫ってくる足音を耳にしたようだ。

「向井か！」

という中沢の声が聞こえた。

銀次はすばやく懐から折りたたんであるまろほしを出して、ひらいた。

遊び人ふうの男が、驚いたような顔をして銀次の手にしたまろほしを見た。初めて目にする武器だったのだろう。

中沢たちのそばに、向井が走り寄った。

三

向井は中沢の前にまわり込み、刀の柄に手を添え、

「中沢、今日こそ、おぬしを討つ！」

と、語気を強くして言った。

「返り討ちにしてくれるわ」

中沢は向井と対峙《たいじ》すると、柄に右手を添えて抜刀体勢をとった。

ふたりの間合は、およそ三間――。ふたりとも、刀の柄に右手を添えたまま相手を見すえている。

このとき、銀次が「逃げるか！」と声を上げ、逃げようとした遊び人ふうの男の前にまわり込んだ。この銀次の動きに誘発されたように、向井と中沢が抜刀した。

ふたりは、相青眼に構え合った。両者とも相手を見すえたまま、表情も動かさなかった。ふたりはすでに何度か対戦していたので、お互いに相手の腕のほどを知っていたのだ。

ふたりは気を鎮めて相手との間合を読んでから、全身に気勢を込めた。まず、気魄《きはく》で攻めて、敵の気を乱そうとしたのである。

そのとき、通りかかった者たちから、「斬り合いだ！」「逃げろ！」などという声が聞こえ、その場から逃げ散る足音がひびいた。

それでも、向井と中沢の構えは乱れなかった。ふたりは、相青眼に構え合ったまま気魄で敵を攻めている。

ふたりは青眼に構え合ったまま動かなかったが、中沢が先《せん》をとった。対峙しているのに、焦《じ》れたらしい。

「まいる！」

言いざま、中沢が仕掛けた。

青眼に構えたまま、足裏を摺るようにしてジリジリと間合を狭めてくる。

と、向井も動いた。相青眼に構え、趾《あしゆび》を這《は》うように動かし、すこしずつ間合を狭めていく。

三間ほどあった両者の間合が、すこしずつ狭まり、一足一刀の斬撃の間境《まざかい》に近付いてきた。

……あと、一間！

向井が胸の内で読んだとき、ふいに中沢の寄り身がとまった。

中沢は隙を見せない向井の構えを見て、このまま斬撃の間合に入ると斬られるとみたのかもしれない。

だが、向井は寄り身をとめなかった。青眼に構え、斬撃の気配を見せたまますこしずつ間合を狭めていく。

対する中沢は、動かなかった。青眼に構えたまま、ふたりの間合と向井の斬撃の起こりを読んでいる。

向井が斬撃の間境まで、あと、半間――、と読んだときだった。

ふいに、中沢の全身に斬撃の気がはしった。

……くる！

向井は中沢の気配を察知した瞬間、鋭い気合とともに斬り込んだ。

踏み込みざま袈裟《けさ》へ——。

間髪《かんはつ》をいれず、中沢の全身に斬撃の気がはしり、体が躍《おど》った。

その場に立ったまま真っ向へ——。

袈裟と真っ向。ふたりの刀身が眼前で合致し、キーン、という甲高い金属音がひびき、ふたりの刀身が弾き合った。

次の瞬間、ふたりは二の太刀を放った。

中沢はふたたび真っ向へ斬り込み、向井は右手に跳びざま刀身を横に払った。

一瞬の攻防である。

ザクリ、と中沢の小袖の腹の辺りが横に裂けた。

一方、中沢の切っ先は、向井の肩先をかすめて空を切った。

ふたりは大きく間合をとり、ふたたび相青眼に構え合った。中沢の腹部に血の色はなかった。小袖を裂かれただけらしい。

「相討ちか」

中沢が、向井を見すえて言った。双眸が燃えるように光っている。

「そうかな」

向井は、相打ちとは思わなかった。

向井は中沢の太刀筋を見切って切っ先をかわしたが、中沢は向井の切っ先を浴びて小袖を裂かれていた。あと、一寸。向井の切っ先が伸びていたら、中沢は腹を斬り裂かれていたはずだ。

ふたたび向かい合った向井と中沢の間合は、およそ二間半。最初の立ち合いの間合より、半間ほど近かった。


このとき、銀次は遊び人ふうの男と対峙していた。銀次はまろほしを手にし、男は匕首を握り締めて、切っ先を銀次にむけていた。松吉は男の背後にまわり込んで、十手をむけている。

「銀次ってえのは、てめえか」

男が、銀次の手にしているまろほしを見て言った。おそらく、中沢からまろほしの話を聞いたのだろう。

「そうよ。……観念して、その匕首を捨てな」

銀次が、まろほしの槍穂を男にむけた。

「おめえこそ。そんな子供騙しの玩具《おもちゃ》は捨てちまいな」

男は言いざま、いきなり踏み込んできた。

ふたりの間合が狭まると、男は顎の下に構えた匕首を突き出した。

銀次は右手に跳んで男の匕首から逃れると、手にしたまろほしの槍穂で、男の右の二の腕を突き刺した。

ギャッ！　という叫び声を上げ、男は摑んでいた匕首を取り落とした。

銀次はすばやい動きで、男の前にまわると、逃げようとした男の喉元に槍穂をむけ、

「動くと首を突き刺すぜ」

と、恫喝《どうかつ》した。

男は目を剝《む》き、硬直したようにつっ立った。

「松吉、こいつに縄をかけろ」

銀次が声をかけた。

すぐに、松吉が男の後ろにまわり、両腕を後ろにとって縛った。槍穂を突き付けられた男は、松吉のなすがままになっている。

四

向井と中沢は、相青眼に構え合ったまま対峙していた。

ふたりの間合は、およそ二間半──。

まだ、一足一刀の斬撃の間境の外である。ふたりは、全身に気勢を漲《みなぎ》らせ、斬撃の気配を見せて、気魄で攻め合っていた。

そのとき、銀次たちに捕らえられた男が、「おれは、何もしてねえ！」と叫んだ。銀次が、男に何か訊いたらしい。

その男の声に、誘発されたように中沢が動いた。青眼に構え、剣尖を向井の目にむけたまま、足裏を摺るようにして、ジリジリと間合を狭めてくる。

対する向井は、動かなかった。気を鎮めて、中沢との間合と気の動きを読んでいる。

ふたりの間合が、一足一刀の斬撃の間境まで半間ほどに迫ったとき、中沢の寄り身がとまった。そして、中沢は全身に斬撃の気配を見せ、イヤアッ！

と、裂帛《れっぱく》の気合を発した。

斬撃の気配と鋭い気合で、向井の気を乱そうとしたらしい。

だが、向井の気は乱れなかった。そればかりか、向井は中沢が気合を発した一瞬の隙をついたのである。

つッ、と一歩踏み込み、鋭い気合とともに斬り込んだ。

真っ向へ――。

咄嗟に、中沢は刀身を振り上げて、向井の斬撃を受けた。だが、強い斬撃だったために、中沢の腰が揺れ、体勢がくずれた。

この一瞬の隙を、向井がとらえた。

タアッ！

鋭い気合を発しざま、袈裟に斬り込んだ。神速《しんそく》の鋭い斬撃である。

向井の切っ先が、中沢の肩から胸にかけて斬り裂いた。

中沢は低い呻き声を上げ、後ろによろめいた。小袖が肩から胸にかけて裂け、露《あらわ》になった肌に血の線がはしった。次の瞬間、傷口から血が奔騰《ほんとう》した。切っ先が、心ノ臓に達したのかもしれない。

中沢は血を撒《ま》きながらよろめき、足をとめると、腰から砕けるように倒れた。俯せに倒れた中沢は体をふるわせていたが、頭を擡《もた》げようともしなかった。流れ出た血が赤い布を広げるように、中沢の体のまわりの地面を染めていく。中沢は四肢を痙攣《けいれん》させていたが、いっときすると動かなくなった。

「死んだ」

向井はそうつぶやくと、手にした刀を振って血を切ってから納刀した。

そこへ、銀次と松吉が近寄ってきた。松吉が捕らえた男を連れている。

「旦那、やりやしたね」

銀次が向井に声をかけた。

「ああ、何とか中沢を討った。これで、おれの始末もついたよ」

向井が、ほっとしたような顔をした。

それから銀次たちは、中沢の死体を通り沿いで枝葉を茂らせていた椿の樹陰に運んだ。人通りのある道のなかほどに、死体を放置できなかったのだ。

中沢の死体の始末を終えると、

「旦那、この男に話を訊いてみやす」

銀次がそう言って、男の前に立った。銀次もそうだが、清川屋がいまどうなっているのか、向井も知りたいのではないかと思ったのだ。

「おまえの名は」

銀次は、男の名から訊いた。

男は戸惑うような顔をしていたが、

「留吉《とめきち》でさァ」

と、小声で名乗った。今更、名を隠しても仕方がないと思ったのだろう。

「留吉、ここに来る前、山下の清川屋にいたな」

「よく御存じで」

「おまえと、中沢が清川屋から出てきたのを目にしたのだ」

「旦那たちは、清川屋からあっしらを尾けてきたんですかい」

留吉が訊いた。

「そうだ。清川屋の裏手が、どうなっているかも知っている」

「それじゃァ、隠せねえ」

留吉が首をすくめて言った。

「中沢は、清川屋で賭場をひらくつもりだったのだな」

銀次が念を押すように訊いた。

「そう聞きやした」

「いつひらくのだ」

「いつだか、分からねえ。赤鬼の親分が、お縄になったばっかりだ。簡単に賭場はひらけねえ。中沢の旦那は、ほとぼりが冷めたころと言ってやしたぜ」

「そうか」

どうやら、中沢もしばらく賭場をひらくつもりはなかったようだ。

「ところで、おせんだが、権蔵の情婦《いろ》だな」

銀次が声をあらめて訊いた。

「そうでさァ」

留吉は口許に薄笑いを浮かべ、

「ちかごろは、中沢の旦那ともうまくやってたようですぜ」

と、言って、上目遣いに銀次を見た。

「それもあって、中沢は清川屋に来ていたのだな」

銀次が納得したような顔をし、

「向井の旦那、何かあったら訊いてくだせえ」

と、声をかけた。

「中沢だがな、権蔵とは、長い付き合いだったのか」

向井が念を押すように訊いた。

「若《わ》え《け》ときから、賭場に出入りしてたと訊きやしたぜ」

「博奕と女に溺れたわけか。あれだけの腕がありながら、おしい男だ」

向井が眉を寄せて言った。

五

「向井の旦那、一杯やってくだせえ」

銀次が銚子を手にして言った。

「すまんな」

向井は目を細めて手にした猪口《ちょこ》を出した。

そこは、嘉乃屋の小上がりだった。その場に、おきみ、松吉、与三郎の三人の姿もあった。

八ツ（午後二時）ごろだった。昼飯を食いに立ち寄った客が帰った後、店に顔を見せた向井を交えて、銀次たちは一杯やることになった。事件が片付いたので、その慰労《いろう》の意味もあったのである。

向井が中沢を斬ってから四日経っていた。この間、向井は嘉乃屋に顔を出さなかった。これまで、道場をあけることが多かったこともあり、道場にとどまって門弟たちに稽古をつけていたらしい。

「今日は、ゆっくりやってくださいね。暖簾は出してありませんから、客はみなさんだけです」

おきみが男たちに目をやって言った。おきみの顔にも、ほっとした表情があった。銀次は連日店を出て事件の探索にあたっていたので、怪我をしないか心配だったろうし、寂《さび》しさもあっただろう。

銀次は向井が猪口の酒を飲み干したのをみて、

「もう、一杯」

と言って、銚子をむけた。

「銀次、昼前は山下に行っていたそうだな」

向井が、銚子で酒を受けながら訊いた。店に来たとき、銀次がいなかったので、おきみに訊いたらしい。

「へい、松吉とふたりで様子を見てきやした」

「清川屋を見に行ったのだな」

「そうでさァ」

「女将はいたか」

「それが、旦那、清川屋は店をしめてたんでさァ」

「店をしめたのか」

「へい」

「それで、女将は」

「女将のおせんは、どこに行ったか分からねえんで」

銀次は、松吉とふたりで清川屋の近所で訊いてみたが、おせんの行方を知る者はいなかった。

ただ、一昨日の明け方、おせんが風呂敷包みを抱えて清川屋から出ていく姿を目にした者がいた。その後、おせんは清川屋にもどっていないらしい。

銀次が近所で聞いたことを話すと、

「おせんは、自分にも町方の手が伸びるとみて、姿を消したのではないか」

向井が言った。

「あっしも、そんな気がしやす。赤鬼と恐れられた権蔵は町方に捕らえられるし、腕のたつ中沢は、向井の旦那に斬られやした。おせんが、次は自分の番だと思って当然かもしれねえ」

与三郎が言うと、次に口をひらく者がなく、座敷は重苦しい沈黙につつまれた。

そのとき、黙って聞いていた松吉が、

「女は怖《こえ》えからなァ」

と言って、手にした猪口の酒をグイと飲み干した。

「松吉さん、あたしも怖いの」

おきみが、顔を突き出すようにして松吉に訊いた。

「お、女将さんは、別でさァ。怖いどころか、弁天さまのように後光が差してやす」

松吉が慌てて言った。

「あたし、弁天さまでなくていいの。みなさんがこうやって店に来てくれて、うちのひとといっしょにお酒を飲んでくれれば、それでいいの」

おきみが、目を細めて言った。

男たちも相好《そうごう》をくずし、酒を注《つ》ぎ合って飲んでいたが、

「一昨日、昌平橋《しょうへいばし》の近くを歩いていて、島崎どのと会ったのだ。それで、中沢を討ち取ったことを話しておいたよ」

と、向井が言った。

「島崎の旦那は、中沢のことで何か言ってやしたか」

銀次が訊いた。

「島崎どのは、おれに礼を言ってから、銀次たちも、よくやったと伝えてくれと話していた」

「みんな向井の旦那の御蔭でさァ」

銀次が言うと、松吉と与三郎がうなずいた。向井のような剣の遣い手がいなかったら、銀次たちは生きていられなかったろう。

「捕らえた権蔵たちは、どんな様子です」

銀次が声をあらためて訊いた。

「権蔵は、当初博奕のことは口をつぐんだまま、何も話さなかったそうだ。ところが、島崎どのが捕らえた子分や清川屋のおせんのことを取り上げて追及すると、覚悟して賭場のことも話すようになったようだ」

向井が島崎から聞いた話によると、権蔵は以前から清川屋の裏手にある座敷で、賭場をひらいていたそうだ。ところが、清川屋の賭場は狭く、岡っ引きたちに目をつけられるようになったこともあって、上野北大門町の家を賭場にするつもりで手に入れたという。

「やはり、そうでしたかい」

銀次たちの睨んだとおりだった。

「そのときな、島崎どのから、銀次の遣うまろほしのことも話に出たぞ」

「島崎の旦那は、どう言ってやした」

「御用聞きとしては、妙なものを遣うが、あれでなかなかの武器だと感心していたよ」

「まろほしを遣えるようになったのも、旦那の御蔭でさァ」

銀次は父親の源七にまろほしの遣い方を伝授されたのだが、そのときの稽古の

おり、向井道場を使わせてもらったのだ。

「いや、銀次が稽古に励んだから、刀にも負けない武器として遣えるようになっ

たのだ」向井はそう言った後、

「どうだ、事件の始末がついたし、おれの道場にきて、まろほしの稽古でもしな

いか」

と、銀次に目をやって言った。

「剣術の稽古の邪魔になりやす」

銀次の胸の内には、此度《こたび》の事件で刀を手にした相手と何度も戦ったことから、

武士の剣の遣い手だと、まろほしでは後《おく》れをとるとみていた。

「邪魔にはならぬ。門弟たちにとってもいいことだ。いつも、刀を手にした武士

が相手とは限らんからな」

「旦那がそう言ってくれるなら、まろほしの稽古に道場を使わせていただきやす」

そのとき、銀次の脳裏に、父親の源七にまろほしの遣い方の指南を受けたときのことがよぎった。

銀次は、向井道場を借りて源七からまろほしの遣い方を教えられたのだ。いまも、銀次の胸には、源七のような御用聞きになりたいという思いがあった。そのためにも、まろほしの稽古をつづけねばならない。

この作品は徳間文庫のために書下されました。

徳間文庫

新まろほし銀次捕物帳

赤《あか》鬼《おに》の権《ごん》蔵《ぞう》

2019年7月15日　初刷

著者　鳥《と》羽《ば》亮《りょう》

発行者　平野健一

発行所　株式会社徳間書店

東京都品川区上大崎三-一-一
目黒セントラルスクエア　〒141-8202

電話　編集〇三(五四〇三)四三四九
　　　販売〇四九(二九三)五五二一

振替　〇〇一四〇-〇-四四三九二

印刷
製本　大日本印刷株式会社

ISBN978-4-19-894484-1　(乱丁、落丁本はお取りかえいたします)

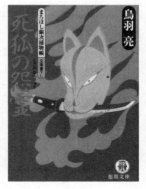

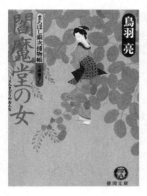

徳間文庫の好評既刊

鳥羽 亮
新まろほし銀次捕物帳

書下し

両替商滝島屋の主と手代が下谷広小路で何者かに首を掻き切られて殺された。凶器は匕首とみられた。そして、事件を探っていた佐久間町の岡っ引き平造が斬殺された。池之端の岡っ引き銀次は下手人を追うが、やがて魔の手が襲い来る。長篇時代剣戟。

鳥羽 亮
新まろほし銀次捕物帳
鬼の隠《かく》れ簑《みの》

書下し

浅草寺参詣の帰途、老舗料理屋の娘が何者かに連れ去られてしまう。お供の下働きは一刀のもとに斬り捨てられていた。亡骸を検めた岡っ引き銀次は、ひと月前に和泉橋のたもとで呉服屋の娘が攫われお供の丁稚が斬り殺された事件との類似性に気づく。